जाइ मिला तिनां सज्जणा

(फ़रीद बानी)

बाबा शेख़ फ़रीद

जाइ मिला तिनां सज्जणा

(फ़रीद बानी)

बाबा शेख़ फ़रीद

डॉ. जसविन्दर कौर बिन्द्रा

वाणी प्रकाशन

वाणी प्रकाशन का 'लोगो'
विख्यात चित्रकार मक़बूल फ़िदा हुसेन की
कूची से

ISBN : 978-93-5000-061-8

वाणी प्रकाशन
21-ए, दरियागंज, नयी दिल्ली-110002
द्वारा प्रकाशित

फोन : 0091#11#23273167, 23275710
फैक्स : 0091#11#23275710
ई-मेलः vaniprakashan@gmail.com
vani_prakashan@yahoo.com
वेबसाइट : www.vaniprakashan.in

मूल्य : 350.00

प्रथम संस्करण : 2009

आर.टेक ऑफसेट प्रिण्टर्स, दिल्ली-110095
द्वारा मुद्रित

समर्पित

उस प्रज्वलित लौ को
जो प्रभु का मार्ग
प्रशस्त करती है।

एक प्रयास...

प्रभु को पाना आसान है, बस खुद को इसे पाने लायक बनाना ही मुश्किल होता है। आध्यात्मिकता किसी धर्म, सम्प्रदाय से जुड़ी कोई धार्मिक रीति-रिवाज या धर्मकाण्ड नहीं है। यह सिर्फ अहसास है कि परमात्मा कण-कण में मौजूद है। हमारे करीब है। सूफ़ी काव्य उस परम सत्ता का यश-गान करता है। वह इश्क़ के ज़रिये प्रभु को पाने का रास्ता बताता है। इश्क़ की राह तो आसान ही होती है—इन सूफ़ी कवियों की अँगुली पकड़कर चले तो और भी सरल और आसान लगेगा। इसी का प्रयास करने का यत्न किया है...।

डॉ. जसविन्दर कौर बिन्द्रा
नई दिल्ली

सूफ़ी काव्य

सूफ़ी काव्य की अपनी विशिष्टता है। पंजाबी काव्य में इसका एक विशेष स्थान है, हालाँकि सूफ़ीवाद का उद्भव इस्लाम से हुआ है। यह सत्य है कि सभी विचारधाराएँ तथा मत, पंथ इत्यादि अन्य धर्मों और सम्प्रदायों से प्रभाव ग्रहण करते हैं। यह बात सूफ़ी मत के बारे में भी सही साबित होती है। भारत में प्रवेश करने से इसका सम्पर्क भारतीय संस्कृति, धर्म तथा धर्म-शास्त्रों से हुआ, जो स्वाभाविक ही था।

सूफ़ीवाद या तस्सव्वुफ़ इस्लाम से सम्बन्धित एक धार्मिक पद्धति या जीवन-ढंग का नाम है, जो बाहरी औपचारिकता या दिखावे में विश्वास नहीं रखती बल्कि अन्तर्मन के ऊपर ज़ोर देती है। इसके तीन नियम हैं–क़ौल (वचन) फ़िअल (कर्म) और हाल (मनोदशा)। यह हर लिहाज से अल्लाह तथा रसूल की पैरवी तथा तायबेदारी के नाम है। ख़ुदा (सिमरन) ज़िकरि इलाही (भजन), सिदक-औ-सफ़ा (सत्य और पवित्रता), सलूक-औ-एहसान (नेकी तथा भलाई) इस जीवन-पद्धति के प्रधान गुण या कार्य हैं। कहा जाता है कि तस्सव्वुफ़ का अव्वल इल्म (ज्ञान), इसका औसत (मध्य), अमल (कर्म) तथा आख़िर मुहब्बत (बख़्शिश, इनाम या दात) है।

इस्लामी तस्सव्वुफ़ या सूफ़ीवाद के आरम्भ या विकास के तीन पड़ाव हैं–

प्रथम पड़ाव उसे कह सकते हैं जो इस्लाम के आरम्भिक दौर से सम्बन्धित है। इस दौर के सूफ़ियों की कोई विभिन्न दार्शनिक दृष्टि नहीं थी बल्कि क़ुरान हकीम तथा हदीसों का पूर्ण तौर से अनुसरण करना ही तस्सव्वुफ़ का मूल आधार था। सारे शरई लोगों ने इस तरह के सूफ़ीवाद की ना सिर्फ़ तसदीक की है बल्कि इसे कायम या स्थायी रखने तथा इसी प्रकार प्रचार करने के आदेश भी दिये हैं।

दूसरे पड़ाव में वो सूफ़ी आते हैं, जिन्हें सुलहकुल सूफ़ी कह सकते हैं। इतनी दृष्टि कई स्रोतों से प्रभाव ग्रहण करती हैं, जैसे–वेदान्त, ईसाइयत, जरदुशत, प्राचीन यूनानी धर्म, यहूदी मत, पारसी सरोश, चीन ताउ आदि मत। इसे इस्लामी कट्टरपंथियों ने नकारा है या रद्द किया है।

तीसरे पड़ाव में प्रथम तथा दूसरे पड़ाव की मिली-जुली बातें दृष्टिगोचर होती हैं। इसे क्योंकि इस्लाम के बुजुर्ग विद्वानों तथा नेक दिल दरवेशों की सहमति प्राप्त थी, इसलिए इसके हक़ में भी बहुत कुछ लिखा तथा कहा गया हैं।

सूफ़ी शब्द की व्याख्या

कूफ़ा शहर में एक चिन्तक हुए हैं, जिनका नाम अबू हाशिम था। उन्होंने जब अपने रुहानी तज़ुर्बों को प्रकट किया तो सुनने वालों ने उन्हें 'सूफ़ी' कह कर सम्बोधित किया। यह घटना 782 ई. में अर्थात् हजरत मुहम्मद साहब के शरीर त्यागने के करीब 150 वर्षों के उपरान्त घटी और ऐसा पहली बार घटा था तो लोगों द्वारा उन्हें 'सूफ़ी' पुकारना स्वाभाविक था। लोगों ने आपको 'दरवेश' कहा जो 'सूफ़ी' का पर्याय है अर्थात् फ़क़ीर या दीवाना जैसे अभी-अभी परमात्मा से मिल कर आया हो। बाद में इस शब्द का अर्थ-विस्तार हो गया, जैसे-जो सूफ़ या ऊन के कपड़े पहने। वह सूफ़ी; जो जन-साधारण से एकदम अलग वृत्ति को मानने वाला हो। वह सूफ़ी; जो अल्लाह तथा उसके रसूल के साथ मुहब्बत तथा इश्क़ करे। सूफ़ी उसे भी कहने लगे जो दुनिया की लाग-लपेट से स्वतन्त्र हो या दुनिया से परे रहे। 'क़ुरान शरीफ' और छः हदीसों में भी सूफ़ी शब्द का प्रयोग नहीं किया गया है, इसलिए अबू हाशिम को पहला इस्लामी सूफ़ी दरवेश माना जाता है।

सूफ़ी वे लोग हैं जिन्हें दूसरी सदी हिज़री में (सन् 200 हिजरी) में 'सहाबा' कहा गया और इनका यह नाम, हज़रत मुहम्मद के इंतक़ाल के उपरान्त पड़ा। 'सहाब' का शाब्दिक अर्थ है यार, दोस्त प्यारा या साथी (सोहबत करने वाले)। उन्होंने हजरत की सोहब्बत की थी, इसलिए सहाबा कहलाए। जिन्होंने आगे 'साहाबा' की संगति की, 'उन्हें 'ताबि-ए-दीन' (आज्ञाकार या अधीन) कहा जाने लगा।

इस्लामी रहस्यवादी को भी सूफ़ी कहते हैं। सहीह उल बुख़ारी नामक हदीस में बताया गया हैं कि 'असहाबुसुफ़्फ़ा' (थड़ा, बैठक दीवानखाने या दालान में बैठने वालों) को ही बाद में सूफ़ी कहा जाने लगा। यह लोग वो थे जो खानाबदोश थे, बेघर थे तथा विरक्त फ़क़ीर थे, दुनिया से ताल्लुक तोड़ चुके थे। हजरत मुहम्मद के संगी-साथी थे तथा उनके साथ मस्जिद के एक कोने में रहते थे। हजरत आप लोगों से बहुत प्यार करते थे क्योंकि इनका सारा समय या तो ज़िकर-ए-इलाही या फ़िक्र या फ़िक्र-ए-मौला (अल्लाह का भजन, सिमरन तथा ध्यान) में बीतता था या फिर क़ुरान मजीद के पाठ करने तथा हजरत में वचन सुनने में गुज़रता था। ये अविवाहित होते थे। गिरी पड़ी खजूरें 'अहिल-ए-सुफ़्फ़े या थड़े वाले तथा (हजरत मुहम्मद के) क़रीब या निकटवर्ती। ये वह लोग थे जो हजरत के साथ हिज़रत करके मक्के से

मदीना आ गये थे। वह गिनती में 70 बताये जाते हैं।

'सूफ़' अरबी भाषा का शब्द है, जिसका अर्थ है ऊन या पश्मीना, क्योंकि ऊपर लिखित दरवेश सूफ़ के चोले या कपड़े पहनते थे, इसलिए उन्हें 'सूफ़ी' या 'पश्मीना पोश' कहा जाता था। यह भी माना जाता है कि हज़रत मुहम्मद साहब बज़ाति ख़ुद सूफ़ी-हस्ती का आदर्श रूप थे। आपको दोतरफा इलहाम हुआ माना गया है; अर्थात् कुरान-शरीफ़ का लोक प्रचलित भाषा में आपको पूर्ण ज्ञान था, जिसे इल्म-ए-सफ़ीना (किताबी ज्ञान) कहते हैं तथा दूसरी ओर आपने उस ज्ञानानुसार अपने अन्तर्मन को भी प्रकाशमान या ज्ञानवान किया था जिसे इल्म-ए-सीना (अन्तर्मन का ज्ञान) कहते हैं।

इस प्रकार हजरत मुहम्मद तथा उनके निकट वलियों ने जिस पवित्र-मनुष्य के आदर्श को स्थापित करने की चेष्टा की, वो 'सूफ़ी' थे, जिसमें त्याग, फ़क़र, सब्र तथा शुक्र था।

सूफ़ियों की चारित्रिक विशेषता

एक ढोंगी तथा सूफ़ी में बहुत अन्तर होता है। ढोंगी निष्क्रिय तथा आलसी होता है जबकि एक सच्चा सूफ़ी अन्दर-बाहर से एकात्म होता है।

सूफ़ी फ़क़र-औफ़ाक़ह (मस्कीनो तथा रोज़ादारी या व्रत) की मिसाल होते हैं और सब्र-संतोष तथा तवकल (भरोसे) की मूरत होते हैं। सूफ़ी का 'क़ौल' उसके फ़िअल (कर्म) की गवाही देता है अर्थात जो वह कहता है वही करता या कर सकता हैं। सूफ़ी का हरेक काम रहमान द्वारा अनुशासित होता है।

सूफ़ी 'इश्क़' में जीता है, वही उसका अमल और मुशाहदा होता है। सूफ़ी का इश्क़ एक अनुशासन अधीन वृत्ति है, उसका समूचा जीवन, प्रकाश का एक ऐसा पुंज बन जाता है जो दिखानेवालों या ढोंगियों की किस्मत में कभी सम्भव नहीं हो सकता। सूफ़ी को अपने इश्क़ पर गर्व होता है।

सूफ़ी बनने के लिए किसी का मुरीद होना पड़ता है। कोई भी सैयद तभी सूफ़ी बन सकता है, जो अपनी पुरानी पहचान त्याग कर किसी का मुरीद बन जाता है। जैसे हज़रत बुल्ले शाह ने अपनों के ताने-व्यंग्य सुनने के बावजूद 'शाह इनायत' को अपना मुर्शिद स्वीकार किया था मुर्शिद-मुरीद दोनों एक ऐसे रिश्ते में बँध जाते हैं जो अटूट और अमर होता है।

सूफ़ियों का अदबी शहूर यानि साहित्यिक चिन्तन मकुन से कुन तक का सफ़र होता है। मकुन का अर्थ है 'ना होना' या नासति-भाव अर्थात् अस्तित्वहीनता की अवस्था (का आदेश) जहाँ शब्द, स्पर्श, रूप, रस, गन्ध का अभाव होना। कुन

(हो जाना) के बाद इन पाँचों–बोलना (शब्द), छूना (स्पर्श) देखना (रूप), चखना (रस) तथा सूँघना (गन्ध) समर्थाओं को धारण करना हस्ती या अस्तित्व का आरम्भ होता है।

जिस समय 'कुन' स्वरूप को कोई भी धारण कर लेता है, 'मकुन' स्वरूप उसी समय छिन्न-भिन्न हो जाता है। 'कुन-मकुन' का यह खेल सारे सूफ़ी काव्य का बुनियादी नुक्ता है। सूफ़ी साधना-पद्धति या सिद्धान्त पद्धति में इसे ही शरीयत से फना फ़ी अल्लाह की यात्रा का खेल कहेंगे जो दरअसल बका बअल्लाह (अमरत्व) की अवस्था है। इसके उल्टे फेर में बक़ा से शराई तक की यात्रा है, जिसका ज़िक्र ख़ासतौर से बुल्ले शाह ने अपनी काफ़ियों में किया है।

सूफ़ी काव्य की मूल धुरी 'इश्क़' है। 'इश्क़' अरबी भाषा का शब्द है। इसके समानार्थक शब्द मुहब्बत, उल्फ़त, वेहत या किसी वस्तु, व्यक्ति या स्थान प्राप्ति की प्रबल इच्छा आदि है। यूनानी चिकित्सकों ने एक रोग का नाम इश्क़ रखा है, जिसकी अलामतें या लक्षण जनून के रोग से मिलते-जुलते हैं, पागलपन या दीवानगी जैसी अवस्थी होती है।

'पंजाबी सूफ़ी काव्य' में भी 'इश्क़' का मुख्य स्थान है। एक तरफ यह साधक या सूफ़ी को मुर्शिद से जोड़ने पर 'इश्क़ मिजाजी' कहलाता है। और दूसरी तरफ शरीर से पारलौकिक हो कर रूहानी मंज़िलें तय करते-करते हक़ीकत के शिखर तक पहुँच 'इश्क़ हक़ीक़ी' बन जाता है। सूफ़ी साधना में प्रेम या इश्क़ प्रेमात्मा या माशूक़ तक ले जाने वाला जबर्दस्त तथा अद्वितीय साधन-मात्र है। मौलाना रूम ने इश्क़ को एक मुआलज या हकीम मानते हुए कहा कि, 'इसमें सारे रोगों, दुनियावी महादोषों तथा असाध्य रोगों का निवारण करने की शक्ति है।' इश्क़ वह ज्वाला है जिसमें वह सारे वसफ़ (गुण) जल कर राख हो जाते हैं, जो अल्लाह की ओर सूफ़ी के रुझान को रोकने वाले होते हैं।

फ़रीद के अनुसार, इश्क़ में लालच के लिए कोई स्थान नहीं हैं। इश्क़ बातों का मज़मून नहीं है, शुद्ध हृदय का विषय है। अपने इश्क़ की ख़ातिर आशिक़ अपनी जवानी की सुन्दरता तथा सुनहरीपन भी कुर्बान कर सकते हैं। इश्क़ में फिराक़ (जुदाई) का सहन करना सच्ची बादशाही है और इसको सहन न करने की सामर्थ्य ना जुटाने का अर्थ स्वयं को मुर्दों के बीच रहने देना। इश्क़ में तन को तन्दूर के समान तपाना पड़ता है, जिसमें ईंधन की बजाय एहसासों सहित ख़ुद को झोंकना पड़ता है। माशूक के दर्शन की उम्मीद मरते दम तक आशिक़ की बनी रहती है।

फ़रीदा जा लबु ता नेहुँ किआ, लबु ता कूड़ा नेहुँ
किचरू झति लंघाइयै छपरि तुटै मेहु।

सूफ़ियों के इतिहास में चौदह सम्प्रदायों का जिक्र मिलता है—1. चिश्ती, 2. सुहरावर्दी, 3. रबीजी, 4. तफूरी, 5. करखी, 6. सक्ती, 7. जनेंदी, 8. काजवनी, 9. तुसीं, 10. फिरदौसी, 11. ज़ेदी, 12. इयादि, 13. अधमी, 14. हुबेरी।

भारतीय सूफ़ी सम्प्रदायों में इन सभी को चर्चा ना हुआ सिर्फ चिश्ती, कादरी, सुहरावर्दी, सत्तारी तथा नक्शबन्दी सम्प्रदायों की चर्चा हुई, हालाँकि सुहरावर्दी सूफ़ी सबसे पहले सिन्ध में आये थे, परन्तु पंजाब में सबसे पहले चिश्ती सम्प्रदाय की जिक्र हुई। पंजाबी में सूफ़ी कवि बाबा शेख़ फ़रीद इसी सम्प्रदाय से सम्बन्धित थे। चिश्ती सम्प्रदाय के बाद सबसे ज़्यादा चर्चा पंजाब में कादरी सम्प्रदाय का हुआ। प्रसिद्ध पंजाबी कवि शाह हुसैन तथा बुल्ले शाह कादरी सम्प्रदाय के ही थे। श्री हरिमन्दर साहब की नींव मियां मीर ने रखी थी, वह भी कादरी-सूफ़ी थे। इस प्रकार कादरी सम्पद्राय की पंजाबी संस्कृति के साथ काफ़ी नजदीकी स्थापित हो गयी थी।

पंजाबी सूफ़ीवाद में कुछ विलक्षणता थी जो इसे समूचे सूफ़ीवाद से अलग करती है। पंजाब सूफ़ीवाद ने इस्लाम की कट्टरता को तोड़ा बुल्ले शाह तथा अन्य कुछ सूफ़ियों में तो कट्टर इस्लाम का विरोध किया और इश्क़ की राह को एक समानान्तर राह के तौर पर स्थापित किया। इसका पंजाबी इस्लामी संस्कृति पर तीखा प्रभाव पड़ा। पश्चिमी पंजाब (पाकिस्तान) में पंजाबी समाज में एक विभाजन देखा जाने लगा। एक वर्ग कट्टर इस्लाम का है तथा दूसरा सूफ़ी प्रभाव वाला वर्ग जो पंजाबी होने के नाते स्वयं को समूची पंजाबी संस्कृति का अंग स्वीकार करता है। यह वर्ग समूची पंजाबी संस्कृति को एकात्म रूप में देखना चाहता हैं। इस प्रकार पंजाब सूफ़ीवाद का प्रभाव विचारधारक बन गया।

पंजाब सूफ़ीवाद की विशेषता तथा विलक्षणता तो शेख फ़रीद के काव्य से ही उधड़ने लगी थी। शेख़ फ़रीद के समय में राज्य-सत्ता तथा सूफ़ीवाद में विरोध नहीं था। ना ही शेख़ फ़रीद के काव्य में कट्टर इस्लाम का कोई बिम्ब नज़र आता है। हालाँकि उनके काव्य में इस्लाम का सन्देश होने के बावजूद अति नम्रता तथा सहजता है। उनकी निर्गुण विचारधारा, प्रगीतकता और पंजाबी संस्कृति की बिम्बावली से ओत-प्रोत कविता उन्हें गुरमति-काव्य के नज़दीक ले आती है। यह कविता की श्रीगुरुग्रन्थ साहब में शामिल होकर 'बाणी' बन जाती है और इसके साथ ही पंजाबी सूफ़ी काव्य, पंजाबी संस्कृति के अवचेतन में गहरा उतर जाता है।

शेख फ़रीद के बाद जब शाह हुसैन सामने आता है, उनकी प्रगीतक शायरी में भी गहरी रमज़ है। संसार मायका है। अपने प्रिय को पाने का माध्यम इश्क़ है। शाह हुसैन की काफ़ियों में पंजाबी त्रिहजण (सूत कातने वाला स्थान) की बिम्बावली

को सौहार्दपूर्ण तथा सहजता से पेश करती है। इस प्रकार पंजाबी सूफ़ी शायरी एक लोक-संस्कृति को विकसित करती है। दार्शनिक वाद-विवाद बन कर लोगों से दूर नहीं रहती।

शाह हुसैन के बाद सुल्तान बाहू आया, जिसका अन्दाज़ पहले के पंजाबी सूफ़ी काव्य से अलग है। बाहू ने शराई पाबंदियों के बारे में कोई विरोध पैदा ना किया, उल्लंघन नहीं किया। लेकिन उन्होंने आशिक की राह को नयी राह दी और इस प्रकार पंजाबी सूफ़ी काव्य की विशेषता से नाता बनाये रखा—

ज़े-ज़बानी कलमा सभ कोई पढ़दा
दिल दा पढ़दा कोई हू।
दिल दा कलमा आशिक पढ़ दे
की जानण सार गलोई हू

सुल्तान बाहू की जवानी के समय में औरगंजेब की कट्टरवादिता सामने आयी। महफ़िलों में नाचने-गाने पर पाबन्दी लगा दी गयी थी। बाहू ने समानान्तर इश्क़ की राह को अपनाया। बादशाह ने उनसे मिलने का आमन्त्रण भेजा परन्तु ध्यान नहीं दिया और 'हू' की प्रगीतक धुन में लीन रहा।

बाबा शेख़ फ़रीद

जीवन-परिचय

सूफ़ी काव्य-परम्परा को मूलतः इस्लामी माना जाता है लेकिन पंजाबी में भी सूफ़ी काव्य का महत्वपूर्ण स्थान है। बाबा शेख़ फ़रीद को पंजाबी के पहले सूफ़ी कवि होने का गौरव प्राप्त है।

शेख़ फ़रीद भारत के सर्वोपरि चिश्ती सूफ़ियों में से एक हैं। उनसे पहले शेख़ मुईनुद्दीन सिजज़ी ने अजमेर में अपना डेरा जमाया था। उन्हीं के उत्तराधिकारी शेख़ कुतुबद्दीन बख़्तियार काकी हुए और उनके मुरीद शेख़ फ़रीद हुए। शेख़ फ़रीद से दिल्ली के विख्यात शेख़ निज़ामुद्दीन औलिया ने दीक्षा ली। भारत में इस्लाम का लोकरूप स्थापित तथा विकसित करने में इन चार सूफ़ी फ़कीरों ने महत्वपूर्ण भूमिका निभाई। शेख़ कुतुबद्दीन बख़्तियार काकी तथा उनके मुर्शिद शेख़ मुईनुद्दीन सिजज़ी, दोनों ही जन्म से विदेशी थे, लेकिन एक बार भारत आने के बाद वे यहीं के हो गये, जबकि शेख़ फ़रीद हर प्रकार से विशुद्ध भारतीय थे। यह बात उनके द्वारा प्रचारित सूफ़ी काव्य तथा इस्लाम के स्वरूप से स्पष्ट होती है, जिसमें भारतीय मानसिकता समायी नज़र आती है।

शेख़ फ़रीद का पूरा नाम फ़रीदऊद्दीन मसऊद था। धर्मोपदेशक होने के कारण उन्हें शेख़ कहा जाता है। भारतीय लोक-चेतना में बुजुर्गों को आदर से 'बाबा' कह कर याद किया जाता है। आपका जन्म 1173 ई. में 'खोतवाल' नाम के छोटे-से गाँव में हुआ। यह गाँव मुल्तान ज़िले के अन्तर्गत आता है। अब यह पाकिस्तान में है। आपके वालिद का नाम जमालुद्दीन सुलेमान था और वालिदा का नाम कुरैशम ख़ातून था।

आप का सम्बन्ध शाही खानदान से रहा। आप के पिता सुल्तान महमूद गज़नी के भानज़े थे। आपका विवाह भी शाही धराने में हुआ। आपकी पत्नी हिन्दुस्तान के बादशाह रहे सुल्तान गयासुद्दीन बलवन की सुपुत्री थी, लेकिन उनकी पत्नी ने अपने

पति के साथ दरवेशी जीवन को ही अपनाया। शेख़ फ़रीद तीन भाई थे। बड़े भाई का नाम अज़ीज़ुद्दीन मुहम्मद था और छोटे भाई का नाम नजीबुद्दीन था।

शेख़ फ़रीद की आरम्भिक शिक्षा खोतवाल तथा मुल्तान में हुई। उन दिनों शिक्षा मस्ज़िद के मक़तब से प्राप्त की जाती थी। मुल्तान उन दिनों इस्लामी शिक्षा का केन्द्र था। हृदय तथा मस्तिष्क, दोनों के विकास के लिये यहाँ अनुकूल वातावरण था। यहीं पर आपने क़ुरान शरीफ़ तथा हदीस की शिक्षा प्राप्त की। आपने असली दीक्षा दिल्ली में रह कर हासिल की। यहाँ आपने ख़्वाज़ा कुतुबद्दीन बख़्त्यार काकी को अपना गुरु बनाया। गुरु से मिलने का किस्सा भी काफ़ी दिलचस्प है। कहा जाता है कि एक बार काकी साहब दिल्ली जाते हुए मुल्तान रुके। उस समय फ़रीद 'नाफ़े' नाम की एक पाठ्य पुस्तक पढ़ रहे थे। उन्हें बेहद लगन से पढ़ते देख काकी साहब ने पूछा, "तालिबे-इल्म, क्या पढ़ रहे हो?" सहजता से फ़रीद ने जवाब दिया, "नाफ़े!" ख़्वाजा ने आशीर्वाद देते हुए कहा, "खुदा चाहेगा, नाफ़े नाफ़े (लाभ) ही साबित होगा।" कभी-कभी एक शब्द ही किसी के जीवन में क्रान्तिकारी परिवर्तन ला देता है। नाफ़े, खुदा के सिफ़ाती नाम को कहा जाता है, जिसका अर्थ होता है-लाभ प्रदान करना। ख्वाजा के साथ हुए इस संक्षिप्त संवाद ने फ़रीद के मस्तिष्क में ज्ञान का दीया जला दिया। यहीं से आपके मन में गुरु-शिष्य या सूफ़ी परम्परा के मुर्शिद-मुरीद का बीजारोपण हुआ। उस छोटी उम्र में ही फ़रीद ख़्वाजा बख़्त्यार काकी के साथ दिल्ली रवाना होना चाहते थे, किन्तु ख़्वाजा ने परामर्श दिया, "खूब पढ़ो फ़रीद! पहले 'जाहरी इल्म' हासिल करो, बाद में मेरे पास आना क्योंकि अनपढ़ सूफ़ी एक मसखरे से ज्यादा कुछ नहीं होता।"

शिक्षा-दीक्षा के लिए फ़रीद ने भारत से बाहर के देशों का भी भ्रमण किया। मुल्तान से आप कंधार गये, जहाँ आपने पाँच वर्षों तक ख़ूब इल्म हासिल किया; फिर बग़दाद गये, जो उन दिनों अरबी तथा इस्लामियत का गढ़ था। ईरान, अफ़ग़ानिस्तान तथा हिन्दुस्तान आदि देशों से विद्यार्थी वहाँ अरबी तथा इस्लामी फ़लसफ़े की दीक्षा प्राप्त करने जाते थे। फ़रीद ने बग़दाद, रोम तथा ईरान तक की यात्रा की। यात्रा दौरान उनकी मुलाकात कई प्रसिद्ध विद्वानों शेख़ शहाबुद्दीन सुहरावर्दी, ख़्वाजा फ़रीदुद्दीन महतार तथा शेख़ सादी से हुई।

अनेक देशों के भ्रमण के पश्चात् आप दिल्ली आ गये। यहाँ ख़्वाजा बख़्त्यार काकी के शिष्य बन कर रुहानी इल्म प्राप्त किया। दिल्ली में फ़रीद जी को ग़ज़नी दरवाज़े के पास रहने का स्थान दिया गया। यहाँ बैठ कर आपने गहन अध्ययन, भजन बन्दगी तथा जप-तप किया। कठोर तपस्या से सम्बन्धित फ़रीद जी के अनेक श्लोक मिलते हैं। एक श्लोक में आप फ़रमाते हैं :

"उनका शरीर हाड़-मांस का पिंजर बन चुका है। कौए सारा मांस खा चुके हैं, लेकिन फ़रीद जी कौए से इल्तज़ा करते हुए कहते हैं, बेशक उनका सारा मांस नोंच ले, लेकिन उनकी दोनों आँखों को ना छेड़े, क्योंकि इन आँखों से वह प्रभु के दर्शन करना चाहते हैं।"

कठोर तपस्या दौरान वह लम्बे समय तक एक ही ढंग से बैठे रहते थे, जैसे समाधि लगाए युगों बीत गए हों। ईंट का तकिया लगा कर कच्ची ज़मीन पर सोना होता। धरती के कीड़े मांस नोंचते, लेकिन वह अडिग बैठे रहते। एक और श्लोक में फ़रीद जी कहते हैं :

"उनका शरीर एकदम सूख कर ठूँठ हो गया है। कौए पैरों के तलवों का मांस भी नोंच कर ले गए हैं। लेकिन किस्मत देखो, अभी तक प्रभु ने दर्शन नहीं दिये।"

फ़रीद जी के द्वारा कठोर तप किए जाने कई किस्से मशहूर हैं। कहा जाता है, वह रात-भर कुएँ में उल्टे लटक कर खुदा की बन्दगी किया करते थे। फ़रीद जी की शौहरत दूर-दूर तक फैलने लगी। लोगों का आना-जाना बढ़ने लगा जिससे उन्हें प्रभु-भक्ति का समय कम मिलने लगा। इसलिए आपने एकान्तवास की तलाश की। आप गुरु से इजाज़त ले कर हाँसी (हिसार) चले गये। वहाँ एक मस्जिद में बैठ कर घोर तपस्या की।

इन्हीं दिनों आपके गुरु प्रभु से जा मिले। ख़्वाजा काकी की दिल्ली की गद्दी पर बाबा फ़रीद को बिठाया गया। आप आरम्भ से एकान्तप्रिय थे, इसलिए श्रद्धालुओं की बढ़ती भीड़ के कारण आप फिर से हाँसी चले गये। पंजाब से लौटते समय रास्ते में फ़रीदकोट नाम का शहर है। सूफ़ी फ़कीरों अथवा बहुत पहुँचे हुए संत-महात्माओं से सम्बन्धित अनेक लोक-कथाएँ तथा किंवदन्तियाँ जुड़ जाती हैं। इसी सम्बन्ध में कहा जाता है कि फ़रीदकोट शहर में मोकल नाम के राजा का दुर्ग बन रहा था। सूफ़ी फ़रीद को भी बेगार के लिए पकड़ लिया गया। उन्हें ज़बर्दस्ती सिर पर बोझा उठाने के लिए बाध्य किया गया। किन्तु बोझ उनके सिर पर टिकता नहीं था, सिर के ऊपर हवा में ही तैरता दिखाई देता था। लोगों को समझ में आ गया कि वह कोई आम फ़कीर नहीं, कोई दरवेश है। यहाँ के शासक, मोकल ने शहर का नामकरण करते हुए इसे 'मोकलपुर' की बजाये सूफ़ी दरवेश फ़रीद को प्रमुखता दी और इसे 'फ़रीदकोट' नाम से स्थापित किया, जो आज भी मौजूद है।

एकान्त प्राप्त के लिए फ़रीद जी दिल्ली से हाँसी और वहाँ से अजोधन चले गये। अजोधन पश्चिमी पंजाब (पाकिस्तान) में है। बाबा फ़रीद से जुड़े होने के कारण बादशाह अकबर ने इसका नाम पाकपटन रख दिया। पटन या पत्तन दरिया किनारे का वह स्थान होता है जहाँ से दरिया पार करने के लिए नाव चलती है। अजोधन

ऐसा ही पत्तन घाट है जहाँ बाबा फ़रीद लोगों को भवसागर से पार उतारनेवाले पातनी (मल्लाह) के रूप में विख्यात हुए। यह शहर आज भी इसी नाम से जाना जाता है। यहीं पर बाबा फ़रीद की दरगाह है जहाँ हर साल बहुत भारी मेला लगता है।

सूफ़ियों के कई फ़िरके (समुदाय) हैं। बाबा फ़रीद का सम्बन्ध चिश्ती फ़िरके से था। अज़मेर शरीफ़ के ख़्वाजा मुईनद्दीन चिश्ती स्वयं एक विख्यात सूफ़ी फ़कीर हुए, वह भी फ़रीद जी के शिष्य थे। अमीर खुसरो, अज़मेर के ख़्वाजा के शिष्य थे जो कि फ़रीद जी के पोता-शिष्य कहे जाते है।

हरेक बच्चे को अच्छे संस्कार तथा शिक्षा देने का उत्तरदायित्व उसकी माँ का होता है। फ़रीद की माता एक नेकदिल औरत थी। वह आरम्भ से ही नमाज़ की बेहद पाबन्द थी। उन्होंने फ़रीद के बालपन से ही उन्हें नमाज़ से जुड़े रहने के लिए कहा, 'जो बच्चा रोज़ नमाज़ पढ़ता है, अल्लाह उसे शक्कर देता है।' फ़रीद शक्कर के लालच में नमाज़ ज़रूर पढ़ते। उनकी माता उनके आसन के नीचे रोज़ाना थोड़ी-सी शक्कर रख देती। एक दिन फ़रीद अपने हम उम्र साथियों के साथ खेलते-खेलते जंगल में चले गये। नमाज़ का वक़्त हुआ। फ़रीद ने अपने साथियों के साथ मिल कर नमाज़ पढ़ी। उन्होंने आदतानुसार मुसल्ला उठाया, वहाँ नियमानुसार शक्कर तो मिली लेकिन आम दिनों से थोड़ी ज़्यादा ही थी।

दूसरी ओर उनकी माता फ़िक्रमन्द हुई। आज सारा भेद खुल जायेगा। फ़रीद को नमाज़ के बाद शक्कर न मिली तो उनका माता से तो भरोसा उठ ही जायेगा, कहीं खुदा की बन्दगी से भी ना उठ जाये। तभी फ़रीद घर पहुँच गये। उन्होंने खुशी से चहकते हुए अपनी माता को बताया, 'आज तो कमाल हो गया। नमाज़ के बाद आज इतनी शक्कर मिली कि हम सभी साथियों ने मिल कर खायी।' माता ने अल्लाह-ताला का शुक्र अदा किया जिसने उनके झूठ को सच में बदल दिया था। वह समझ गयी, उनके पुत्र पर ख़ुदा की इनायत हो गयी है।

फ़रीद जी को 'शक्कर गंज' भी कहा जाता है। इनकी मीठी ज़ुबान के कारण भी यह नाम जुड़ गया। वैसे फ़रीद अरबी भाषा का शब्द है, जिसका अर्थ है—अकेला, तन्हा, बेमिसाल, बेनज़ीर, अद्वितीय अर्थात् सबसे भिन्न या अलग। फ़रीद जी की बेमिसाल शख़्सियत उनके नाम से एकदम मेल खाती थी।

फ़रीद जी का सब्र तथा सन्तोष असाधरण था। सुल्तान नासिरद्दीन इब्बन शमसुद्दीन इल्तमश जब उच्च शरीफ़ तथा मुल्तान पर हमला करने के लिए गया तो आपके दर्शनों हेतु अजोधन (पाकपटन) आया। दर्शन करने के बाद इतना प्रभावित हुआ कि उसने अपने वज़ीर अलिफ़ ख़ाँ के हाथ फ़रीद जी को बहुत सारी दौलत तथा चार गाँवों की जमींदारी सौंपी। लेकिन आपने सारी दौलत उसी समय निर्धनों

में बाँट दी और गाँवों की जमींदारी का परवाना यह कह कर लौटा दिया, 'इसे ज़रूरतमंदों को दे दो, मुझे नहीं चाहिये।' अलिफ़ खाँ, जिसने इल्तमश की मौत के बाद हिन्दुस्तान का राज्यभार सँभाला, वह बाद में सुल्तान गयासद्दीन बलवन के नाम से प्रसिद्ध हुआ और उसने अपनी बेटी का रिश्ता शेख़ फ़रीद से तय किया। बादशाह के खानदान से नाता जुड़ने के पश्वात् भी फ़रीद जी सदा शाही ठाठ-बाठ से परे रहे। उनका परिवार काफ़ी बड़ा था, जिसमें छः पुत्र तथा दो पुत्रियाँ थी। हजरत निज़ामुद्दीन औलिया उनके दामाद थे। फ़रीद जी की दिल्ली वाली गद्दी पर औलिया सुशोभित हुए, जबकि पाकपटन वाली गद्दी पर उनके बड़े पुत्र शेख़ बदरुद्दीन सुलेमान आसीन हुए।

फ़रीद जी ने 93 वर्ष की लम्बी आयु के बाद मुर्हरर की पाँच तारीख को प्राण त्याग दिये। कहा जाता है कि शरीर त्यागने से पहले उन्होंने हज़रत निज़ामुद्दीन औलिया का नाम लिया। फ़रीद जी ने अपनी सभी वस्तुएँ इनके पास दिल्ली भेज दी थीं।

शेख़ फ़रीद एक सूफ़ी फ़कीर थे लेकिन उन्होंने कभी भी इस्लाम का विरोध नहीं किया, जैसाकि उनके बाद आने वाले सूफ़ियों ने किया। उनकी अपने धर्म में पूर्ण आस्था थी। जिसकी मिसाल उनके कई श्लोकों में मिलती है।

उदाहरणार्थ

फ़रीदा बेनिवाजा कुतिआ एह भली रीति।
कब ही चलि न आइआ पंजे वख़्त मसीति॥

अर्थात् : उनकी नज़र में नमाज़ न पढ़ने वाला आदमी कुत्ते के समान है। जो कभी भी मस्जिद में जा कर पाँचों वक़्त की नमाज़ नहीं पढ़ता।

उठ फ़रीदा उज़ू साजि सुबह निवाज़ गुजारि।
जो सिर सांई ना निवें सो सरि कपि उतारि॥

अर्थात् : सुबह हो गई, तू उठ कर वज़ू कर ले अर्थात् हाथ-मुँह धो ले तथा नमाज़ पढ़ ले। जो सिर अपने मालिक के सामने नहीं झुकता, उसे काट ही देना चाहिए।

इस तरह के पद-श्लोक फ़रीद वाणी में बहुत कम, बल्कि अपवाद स्वरूप हैं। उनकी जीवन-दृष्टि का बल धार्मिक कर्मकांड के पालन पर इतना नहीं, जितना मानव प्रेम पर है। वह शरह के पाबन्द ज़रूर हैं। लेकिन कट्टरपंथी नहीं थे। वह इस्लाम का पालन करने वालों के प्रति उदार थे।

फ़रीद जी बेहद सरल तथा नेक स्वभाव के थे। अपनी वाणी के द्वारा भी उन्होंने सभी मनुष्यों को प्रत्येक हालत में ख़ुश रहने का सन्देश दिया। उदाहरणस्वरूप नीचे उनके कुछ श्लोक दे रहे हैं, जिससे स्पष्ट होता है कि वह सब्र तथा धीरज को

प्राथमिकता देते रहे हैं। बुरे करने वाले के साथ भी भलाई करने का उपदेश दिया।

उदाहरणर्थ :

रुखी सूखी खाई के ठण्डा पानी पीउ।
फ़रीदा देखि पराई चोपड़ी ना तरसाए जीउ ॥

अर्थात् : सदैव रुखी-सूखी खा कर और ठण्डा पानी पी कर सन्तुष्ट रहो। तपस्वी के लिए यही भोजन उत्तम है। किसी धनवान का घी से चुपड़ा स्वादिष्ट भोजन देखकर अपने जी को मत तरसाओ। कहने का तात्पर्य है कि सादा जीवन और सादा भोजन ही फ़कीरों तथा मनुष्यों के लिए सर्वोत्तम है।

फ़रीद बुरे दा भला करि गुस्सा मन न हंडाइ।
देही रोग न लगई पलै समु किछु पाइ ॥

अर्थात् : जो तेरे साथ बुरा करे, बदले में उसका भी भला कर। ऐसा करने से तेरे शरीर को कोई रोग नहीं लगेगा और दुनिया की सारी खुशियाँ तेरी झोली में पड़ेंगी।

फ़रीदा जो तै मारनि मुक्कियां तिना ना मारे धुम्मि।
आपनड़ै धरि जाईए पैर तिनां दे चुम्मि ॥

अर्थात् : जो लोग तुम्हें मुक्का मारें, उन्हें पलट कर कभी घूँसा ना मारो। उनकी गलती के लिए उन्हें मुआफ़ कर, उनके पैर चूम कर अपने में अर्न्तध्यान हो जाओ।

फ़रीदा मैं जानिआ दुख मुझु कू दुखु सबाइऐ जगि।
ऊचै चढ़ि के देखिआ घरि-घरि ऐहा अगि ॥

अर्थात् : हरेक व्यक्ति अपने दुख को बड़ा मान कर ज़्यादा दुखी महसूस करता है। परन्तु यदि अपने दुख से थोड़ा ऊपर उठ कर देखे तो पता लगेगा कि घर-घर में दुखों की आग जलती नजर आयेगी अर्थात् सभी लोग दुखी हैं।

बाबा फ़रीद के सूफ़ी काव्य के अत्यन्त लोकप्रिय होने का एक कारण यह भी रहा कि उन्होंने सदा साधारण लोगों की साधारण बोलचाल की भाषा को अपनाया। उनका एक वचन इस प्रकार है जिसमें उन्होंने पेंजे, रुई तथा तुन-तुन के प्रतीक को बेहद ख़ूबसूरती से ढाला है :

धुन रे धुनिए अपनी धुन। पराईं धुनि का पाप ना बुन।
तेरी रुई में चार बिनौले। सबसे पहले इन को चुन।
रुई को चुन के सूत बना के, पाग प्यारे पी की बुन।
अच्छी तो जब ही धुनकी जाए, समरी तांत बजे तुनतुन।

तेरा पीया तो महा गुनी है, कर ले तूं भी कोई गुन।
जो तूं चाहे हरि को फ़रीदा। आँख कान को कर ले सुन्न।

यह सारा शब्द प्रतीकात्मक है, जिसे इस प्रकार स्पष्ट किया जा सकता है :

धुनिया	:	साधक है
रुई धुनना	:	साधना या अभ्यास करना
पराई	:	ग़ैर अल्लाह, दुनिया
रुई	:	जिस्म या इन्सानी वजूद
चार बिनौले	:	चार तत्व
सूत बनाना	:	साधना का सम्पूर्ण होना
सगली तांत	:	सम्पूर्ण जिस्म तथा मानस अंग
बजे तुन तुन	:	अनहद नाद से गूँज उठना
आँख-कान सुन्न	:	अन्तर्ध्यान होना

शेख़ फ़रीद मौत को एक अटल सच्चाई मानते थे। उनका मानना था कि मौत से कोई बच नही सकता, ना राजा ना रंक, ना पीर ना पैगम्बर। इसलिए वह फरमाते है :

फ़रीदा गोर निमाणी सडु करै निघरिआ घर आउ।
सरपर मैथै आवणा मरनै न डरियाहु ॥

अर्थात् : क़ब्र मनुष्य को आवाज़ें देती है, उसे बुलाती है कि, बेघर इंसान, अपने घर आ जा अर्थात् क़ब्र में आ जा। आख़िर में तुझे मेरे पास ही आना है, क्योंकि मौत तो अवश्यम्भावी है। मरने से मत डर। आखिरी घर, आखिरी मंज़िल यहीं है।

फ़रीदा किथैं तैडे मापिया जिन्हीं तूं जणिओहि।
तै पास हु ओइ लदि गए तूं अजे न पतीणोहि ॥

अर्थात् : फ़रीद जी मौत को निश्चित मानते हैं, जबकि आम लोग हर रोज़ लोगों को अपने सामने मरते देख कर भी मौत की सर्वमान्यता को समझ नहीं पाते। इसलिए उनका कहना है, तुम्हारे माता-पिता कहाँ गए जिन्होंने तुम्हें जन्म दिया? वह तुम्हारे सामने ही चल बसे। तुम्हें अभी तक इस सच्चाई की प्रतीति नहीं हुई कि तुम्हें भी एक दिन मर जाना है।

आप सदा परमात्मा की रज़ा में ख़ुश रहते थे। आपको अल्लाह पर अटूट विश्वास था। कहा जाता है कि एक जरूरतमंद व्यक्ति आपके पास आया और उनसे विनती की, 'मेरा बादशाह के पास एक काम अटका हुआ है, यदि आप सिफ़ारिश कर दें, वह काम हो जायेगा।'

आपने उस व्यक्ति की विनती स्वीकार की। उसे बादशाह बलवन के नाम एक पत्र दिया। उसमें आपने लिखा, "मैंने यह काम अल्लाह ताला के सुपुर्द किया है और प्रकट रूप में आपके पास भेजा है। यदि आप इसे कुछ दे देंगे तो असल में देने वाला अल्लाह ताला होगा और धन्यवाद के हक़दार आप होंगे। यदि आप इस ज़रूरतमंद के लिए कुछ नहीं करेंगे तो इनकार करने वाला अल्लाह होगा और मजबूर आप होंगे।"

बाबा फ़रीद की ख्याति दूर-दूर तक फ़ैली ही नहीं, लम्बे समय तक अक्षुण्ण भी बनी रही। बाबा फ़रीद के निधन (1280 ई॰) के लगभग दो सौ वर्ष बाद गुरु नानक (1469-1539 ई॰) बाबा फ़रीद की मज़ार पर गये और तत्कालीन सज्जादानशीन शेख़ फ़रीद इब्राहीम से शेख़ फ़रीद की पंजाबी रचनाओं की पाँडुलिपि प्राप्त की और इसे अपनी निजी पोथी में शामिल किया। शेख़ फ़रीद और गुरु नानक 'दोनों ही अक्षर' प्रेमी थे और ज्ञान के निरन्तर प्रसार पर बल देते थे। यदि बाबा फ़रीद ने मुर्शिद-मुरीद परम्परा का रूप दिया तो गुरु नानक ने धर्मपालन को गुरु-शिष्य परम्परा का रूप दिया। बाबा फ़रीद के उपदेश में शिक्षा का महत्व अनिवार्य रहा। वह कहते हैं :

1. अज्ञानी (अनपढ़) को जीवित मत समझो।
2. अज्ञानी (अनपढ़) को अपने से दूर ही रखो।

विद्यार्जन के लिए तपस्या अत्यन्त आवश्यक है। उनकी एक अरबी रुबाई का अनुवाद इस प्रकर है :

यदि केवल इच्छा-मात्र से विद्या प्राप्त हो जाती है दुनिया में कोई मूढ़ ना रहता,
ज्ञान-प्राप्ति के लिए निरन्तर परिश्रम करते रहो,
आलस्य त्यागो, उदासीन मत हो जाओ,
आलसी और निकम्मे आदमी को परलोक में पछताना होगा।

गुरु नानक ने बाबा फ़रीद की पंजाबी रचनाओं की जो हस्तलिखित प्रति शेख़ इब्राहीम से प्राप्त की, वही रचना पंचम गुरु अर्जुनदेव तक पहुँची और उन्होंने इन्हें श्रद्धा तथा सम्मान से आदि गुरुग्रंथ में अंकित किया। आदि गुरुग्रंथ में अंकित फ़रीद-वाणी ही उनकी प्रामाणिक रचना मानी जाती है। एक बार जो रचना आदि गुरुग्रंथ साहब में अंकित हो गयी, वह अविकल बनी रही। गुरुग्रंथ साहब के श्रद्धालुओं को इसमें अक्षर, मात्रा आदि का भी परिवर्तन सह्य नहीं। बाबा फ़रीद के कुछ मल्फ़ूज़ात (प्रवचन) फ़ारसी भाषा में भी मिलते हैं। कुछ छिटपुट पद अरबी तथा उर्दू में भी मिलते हैं, उनकी प्राभाणिकता असंदिग्घ मानी जा सकती है परन्तु गुरुग्रंथ

साहब में सुरक्षित पंजाबी वाणी के बारे में कोई किन्तु-परन्तु नहीं किया जा सकता। आदि गुरुग्रंथ में अंकित रचना में कुल 112 श्लोक तथा 4 पद हैं। इस रचना की वाणी गुरुकालीन भाषा के इतना निकट है कि कुछ लोगों के लिए यह आश्चर्य का विषय है। शेख़ फ़रीद (1188-1280 ई.) और गुरु नानक (1469-1539 ई.) में लगभग दो-तीन शताब्दियों का अन्तर है। परन्तु बाबा फ़रीद की वाणी में सिक्ख धर्म के मूल सिद्धान्त मानवतावाद, मानव-एकता तथा परमात्मा से प्यार के प्रधान स्वर की प्रधानता है। उनकी आत्मा प्रभु रूपी पति के मिलाप की निरन्तर चाह रखती है। फ़रीद जी मनुष्य को माया का लोभ छोड़ कर संसार रूपी समुद्र से पार जाने के लिए आत्मिक ज़िदगी का बेड़ा तैयार करने की नसीहत देते हैं।

फ़रीद जी की वाणी का गुरुग्रंथ साहब में शामिल किया जाना भारतीय धार्मिक इतिहास में एक विलक्षण, बल्कि चमत्कारिक घटना है। फ़रीद सुन्नी मुसलमान थे, पाँच वक़्त के नमाज़ी। उनकी प्रेरणा से अनेकानेक लोग इस्लाम के दायरे में प्रविष्ट हुए। ऐसे सूफ़ी की रचना का आदि ग्रंथ में अंकन निश्चय ही क्रांतिकारी निर्णय था।

गुरु नानक की दृष्टि सर्वधर्म स्वीकृतिवाली थी। वे सभी धर्मों का सम्मान करते थे। उनका मानना था कि हरेक व्यक्ति को अपने धर्म में अटूट आस्था रखनी चाहिये। इस्लाम धर्म का पालन करने वालों के प्रति भी वह बेहद उदार थे। उनका एक पद देखे :

मुसलमाणु कहावणु मुसकलु
जा होई ता मुसलमान कहावै ॥
अर्वल अउलु दीनु कर्र मिठा
मसकल माना मालु मुसावै ॥
होई मुसलिमु, दीन नुहाणै
मरण जीवण का मरम चुकावै ॥
रब की रजाइ रखे सिर ऊपरि
करता मने आपु गवावै।
तउ नानक सरब जीआ मिहरमान
होइ त मुसलमाणु कहावै ॥

अर्थात् : मुसलमान कहलवाना बहुत मुश्किल है। यदि कोई व्यक्ति वास्तव में मुसलमान हो, अर्थात् वह इस्लामी शरह का पूर्ण पालन करता हो, तभी उसे मुसलमान कहा जाना चाहिये।

मुसलमान होने की पहली शर्त यह है कि वह औलिया-ए-दीन के बताये मार्ग पर सहर्ष चलने के लिए राज़ी हो। आत्माभिमान का जंग रगड़ कर उतार दे।

उसे पैगम्बर पर इतना दृढ़ विश्वास हो कि उसके लिए जीवन-मृत्यु का भेद मिट जाये। वह दोनों को एक समान समझे।

रब की रज़ा को शिरोधार्य करे, कर्ता (ख़ालिक) को सर्वोपरि माने और अपने अहम का नाश करे।

यदि वह सर्वजीवधारी पर कृपा करने वाला हो, तभी उसे मुसलमान कहलाने का हक़ है।

शेख़ फ़रीद और गुरु नानक का अन्तर्सवाद दो ऐसे महापुरुषों के बीच सहज सम्प्रेषण था जो अपने-अपने पैतृक धर्म का पालन करते हुए भी साम्प्रदायिक संकीर्णताओं से परे थे। सूफ़ी और सिक्ख पंजाब की दो उदार धार्मिक परम्पराएँ हैं। उदारता की ये दोनों धाराएँ बहुत दूर तक एक-दूसरे के समानान्तर बहती रही। इनमें ईश्वरीय अद्धैत, सामाजिक साहिष्णुता तथा अन्तः धर्म उदारता समान रूप से विद्यमान रही। आदि गुरुग्रंथ में अंकित बाबा फ़रीद के 130 श्लोकों में से 18 श्लोक सिक्ख गुरुओं की ओर से उनके एक या दूसरे श्लोक से वैचारिक मतभेद प्रकट करते हुए जवाबी अन्दाज़ में दिए गए हैं। उनका विवरण इस प्रकार हैं–

गुरु नानक देव जी के 4 श्लोक (नंबर-32, 113, 120, 124)

गुरु रामदास जी का 1 श्लोक (नंबर-121)

गुरु अमरदास जी के 5 श्लोक (नंबर-13, 52, 104, 122, 123)

गुरु अर्जुन देव जी के 8 श्लोक (नंबर-75, 82, 83, 105, 108, 109, 110, 111)

पंजाबी के अलावा फ़रीद जी ने फ़ारसी, हिन्दी आदि कई भाषाओं में भी साहित्यिक रचनाएँ कीं, जिसका विवरण इस प्रकार है :

फ़ारसी गद्य में रचित रचनाएँ

1. **राहत-अल-क़लूब** (अर्थात् हृदय का सुख-चैन या आराम)
   इस पुस्तक में आपके आदेश हैं, जिन्हें आपके प्रिय शिष्य ख्वाजा निज़ामुद्दीन औलिया ने आपके मुरीदों के भले के लिए एकत्रित कर उन तक पहुँचाया।
2. **'सिराज-ऊल-औलिया'** (वली लोगों का प्रकाश-पुंज, सूरज)
   इस पुस्तक में भी आपके उपदेशों को एकत्रित किया गया है। इनका संग्रह आप के सुपुत्र शाह बदर दीवान ने किया।
3. **'फ़वाईद-ऊस्सा लिकैन'** (अर्थात् सलूक वालों या धर्म के मार्ग पर चलने वालों के लिए फ़ायदेमंद)
   इस पुस्तक में ख़्वाजा कुतुबद्दीन बख़्यार काकी के वचन-बिलास हैं जिन्हें

बाबा फ़रीद शक्करगंज ने संपादित या संग्रहीत किया।

4. **शब्द (पद) तथा श्लोक**–यह पंजाबी या मुल्तानी (पंजाबी की उपभाषा) में है और आदि श्री गुरु ग्रंथ साहब का अभिन्न अंग है।
5. हिन्दी में कुछ पद, जिनकी रचना आपने हाँसी (ज़िला हिसार) में रहते हुए की।

फ़रीद जी की लोकप्रियता का भेद इस बात में है कि उन्होंने कुलीन शासकों तथा 'अशराफ़' से अपना सम्बन्ध स्थापित करने की बजाय सर्वसाधारण से निकटता कायम की। उनकी साधारण जीवन-शैली को देखते ही जनसाधारण को यह विश्वास हो जाता कि वे उनके ही आत्मीय हैं। कहा जाता है कि उनके प्रभावाधीन लाखों ही लोग मुसलमान बने। उनकी वाणी पर विहंगम दृष्टि डालने से ही पता चल जाता है कि उन्होंने न तो कभी इस्लाम की प्रशंसा की और न किसी अन्य धर्म का खंडन किया। उन्होंने इस्लाम के पक्षधर के रूप में कभी कुछ नहीं कहा। जिन मूल्यों का उन्होंने प्रचार किया, वे मात्र इस्लामिक मूल्य नहीं थे। वे तो सर्वकाल से सभी धर्मों द्वारा समान रूप से स्वीकृत रहे।

फ़रीद जी स्वयं उच्चकोटि के विद्वान थे, निरक्षर व्यक्ति को वे भगवान का विदूषक मानते थे। किन्तु उनकी वाणी में इल्मीयत अथवा विद्वता का लेशमात्र भी नहीं था। ख़ुदा के बारे में वे ऐसे उपमानों का प्रयोग करते कि साधारण मनुष्य को प्रतीत होता जैसे वे उसके चिरपरिचित हों। उनके कथनानुसार ईश्वर पकी हुई खजूर है, शहद की धारा है (श्लोक : 89) शक्कर, खाड, मिसरी, गुड़, दूध से भी मीठी कोई वस्तु है। कुरान शरीफ़ की किसी भी आयत का वह उद्धरण प्रस्तुत करते नज़र नहीं आते। काबा, रसूल, खलीफ़ा आदि विवरण उनकी रचना में कहीं ढूँढने से भी नहीं मिलते। इस्लाम के इतिहास का कोई ब्यौरा उनकी रचना में नहीं मिलता। ठेठ पंजाबी भाषा में वह ख़ुदा की बातें करते है, जैसे भगवान् की प्रामाणिकता सम्बन्धी सर्वमान्यता हो।

असल में बाबा फ़रीद ने भारतीय आध्यात्मिकता को अपनाते हुए यहाँ के जन-जीवन तथा संस्कृति की शब्दावली को अपनाया, जिससे उनके मूल संदेशों में भाईचारे तथा भारतीय संस्कृति की छुअन का एहसास होता है जैसे उन्होंने 'ईस्म-आअज़म' की बजाय 'नाम', दीन की बजाय 'धर्म', हादी या पीर की बजाय 'गुरु', गद्दी या तख्त की बजाय 'आसन', महबूब को प्रीतम, अल्लाह को प्रभु, अलरऊफ़ को कृपालु, अलजमात को साध-संगत, अलसराति-अमुस्तक़ीम की बजाय मार्ग या पंथ जैसे शब्दों का प्रयोग किया, जिनसे भारतीयता की पहचान होती है। उन्होंने अपने विचारों को प्रकट करने के लिए फ़ारसी की बजाय पंजाबी जैसी

लोक-भाषा को अपनाया और इसको सम्मानपूर्वक दर्ज़ा दिलाया। उन्होंने पंजाबी कविता के रूपक पक्ष को भी अमीरी प्रदान की। पंजाबी में प्रतीकात्मक तथा आचारण-प्रधान काव्य का आरम्भ किया। भारतीय लोक-परम्परा में से उन्होंने श्लोक (दोहरा) छन्द का प्रयोग किया। उनकी वाणी आध्यात्मिक प्रकृति की होने के साथ आम लोगों की शैली में प्रवाहित हुई। उनकी इसी काव्य-विशेषता ने उन्हें गुरुग्रन्थ साहब तथा सूफ़ी काव्य में विशिष्टता प्रदान की।

मध्यकालीन सूफ़ी-संत साहित्य में ऊँच-नीच का संवाद प्रायः चलता रहता था। जबकि बाबा फ़रीद इस संवाद से अस्पृष्ट रहे। उनकी वाणी में एक सहज सन्तुलन नज़र आता है। निम्न के प्रति प्रेम जताने की इच्छा से वे उच्च का विरोध करना ज़रूरी नहीं समझते हैं। साधनहीन लोगों के प्रति उनका प्रेम उनके चरित्र एवं अभिव्यक्ति के माध्यम से प्रकट होता है। वह जताते कुछ नहीं। वह गरीबों से अलग रहकर, बाहर से ग़रीबों से सहानुभूति प्रकट नहीं करते अपितु वाणी, वेशभूषा से गरीब बन जाते हैं। जातिगत द्वेष का वर्णन उनकी वाणी में नहीं है। स्त्री की प्रशंसा अथवा निंदा के प्रति वह उदासीन हैं। वास्तव में वह मारिफ़त की ऐसी मंज़िल पर पहुँचे हुए हैं कि "यां इम्तियाज़े नाक़िसों कामिल नहीं रहा" अर्थात् पूर्ण तथा अपूर्ण में भेद मिट चुका है।

बाबा फ़रीद सूफ़ी काव्य-परम्परा के ऐसे महान सूफ़ी हुए हैं, जिन्होंने साम्प्रदायिक रंग से मुक्त शब्दावली का प्रयोग किया। उन्होंने परमसत्ता के लिए साईं, सहु (शौह) साहिब, पीर, कंत, प्यारा, सजण आदि ऐसे शब्दों का प्रयोग किया जो लोक हृदय के बहुत निकट हैं। सदियों बाद भी उनकी वाणी की लोकप्रियता तथा सर्वमान्य होने का प्रमुख कारण यही है कि उनका प्रेरण-स्रोत ग्रंथ न हो कर लोक-परम्परा रही। वह एक ऐसी परमसत्ता के प्रति स्वयं को समर्पित करने का उपदेश देते हैं जो जाति, मत, सम्प्रदाय के दायरों से परे है और उपदेश ऐसी भाषा में देते हैं कि उस पर परोक्ष रूप से भी सम्प्रदायोन्मुख होने का दोषारोपण नहीं किया जा सकता।

सन्दर्भ

1. पंजाबी सूफ़ी कवि दा इतिहास, लेखक गुरुदेव सिंह।
2. चोण्वां पंजाबी सूफ़ी कलाम, सं. बलदेव सिंह बद्दन, धर्मपाल सिंहल।
3. बाबा फ़रीद, लेखक नामवर सिंह।
4. शेख़ फ़रीद, डॉ. हरभजन सिंह।

शेख़ फ़रीद की वाणी

आदि ग्रंथ में सम्मिलित पद
आसा शेख़ फ़रीद जी की वाणी
इक ओंकार सतिगुर प्रसादि

दिलहु मुहबति जिन्न सेई सचिआ।
जिन मनि होरु मुखि होर सि काढे कचिआ ॥1॥
रते इसक खुदाए रंगि दीदार के।
विसरिआ जिन्ह् नामु ते भुइभारु थीए ॥1॥ रहाऊ॥
आप लीए लड़ि लाइ दरि दरवेस से
तिन धन्नु जणेदी माउ आए सफल से ॥2॥
परवदगार अपार अगम बेअंत तू।
जिना पछाता सचु चुम्मा पैर मू ॥3॥
तेरी पनह खुदाए तू बखसंदगी।
सेख फ़रीदे ख़ैर दीजे बंदगी ॥4॥

(दिलहु-दिल से; काढ़े-कहे जाते हैं; रते-अनुरक्त, रंगे हुए; इसक-इश्क़; रंगि-मस्ती; भुइ-भूमि; थीए-हो गए; लड़ि लाइ-पल्लु से बाँध लिया; स्वीकार कर लिया; धन्न-धन्य; जणेंदी-जन्म देने वाली; परवदगार-परवरदिगार, पालनकर्त्ता; पछाता-पहचान लिया; मू-मैं; पनह-पनाह, शरण; बखसंदगी-क्षमारूप, ख़ैर-दान; बन्दगी-भक्ति।)

जिन्हें परमात्मा से दिल से मुहब्बत होती है, वह सच्चे प्रेमी हैं। जिनके मन में कुछ और है और मुख पर कुछ और, वे कच्चे अर्थात् झूठे कहे जाते है। (1)

जो जीव परमात्मा के प्यार में लीन हैं अर्थात ख़ुदा के इश्क में रचे-बसे हैं, वे उसके दर्शनार्थ मस्ती की अवस्था में हैं। प्रभु का नाम भुला देने वाले जीव तो भूमि

पर बोझ स्वरूप होते हैं (1) रहाऊ (टेक, ठहराओ)

सच्चे फ़कीर वहीं है जिन्हें प्रमात्मा स्वयं अपनी शरण में ले लेता हैं। उनको जन्म देने वाली माता धन्य है, उनका संसार में जन्म लेना सफल हैं। (2)

हे प्रभु! तुम सबके पालनहार, अगम, अपार तथा अनंत हो। जिन्होंने तुम्हारे इस वास्तविक रूप को पहचान लिया है, मैं उनके पाँव चूमता हूँ। (3)

हे प्रभु! मैं तेरी शरण में आया हूँ, तू क्षमाशील है। हे दाता, तू शेख फ़रीद को अपनी बन्दगी (भक्ति) की भिक्षा (खैर) दे दे। (4)

राग आसा

बोलै सेख फ़रीदु पिआरे अलह लगे।
इन तनु होसी खाकु निमाणी गोर घरे ॥1॥
आज मिलावा सेख फ़रीद टाकिम कूंजडीआ
मन्हु-मचिंदड़िआ ॥1॥ रहाऊ
जे जाणा मर जाइए घुमि न आइए।
झूटी दुनीआ लगि न आप वञांइये ॥2॥
बोलीऐ सचु धरमु झूठु न बोलीए।
जो गुरु दसै वाह मुरीदा जोलीए ॥3॥
छैल लघंदे पारि गोरी मनु धीरिआ।
कंचन वन्ने पासे कलवति चीरिआ ॥4॥
सेख हैयाती जगि न कोई थिर रहिआ।
जिसु आसणि हम बैठे केवे बैसि गइआ ॥5॥
कतिक कूंजां चेती डउ सावणि बिजुलीआँ।
सीआले सोहदीआं पिर गलि बाहडीआँ ॥6॥
चले चलणहार विचार लेइ मनो।
गढ़ेदिआँ छिअ माह तुडंदिआ हिकु खिनो ॥7॥
जिमी पूछै असमान फ़रीदा खेवट किंनि गए ॥
जालण गोरां नालि उलामें जीअ सहै ॥8॥2॥

(लगे-पास; खाक-मिट्टी; गोर-क़ब्र; टाकिम-रोक; कूंजडीआँ-इन्द्रियाँ; मंचिदड़ीआ-उत्तेजित; धुमि-धूम कर; लौटकर; वंझाइये-गंवा देना, नष्ट करना; वाट-रास्ता मुरीद-शिष्य; जोलीए-चले; छैल-बांके, कंचन धीरिआ-धीरज; वन्ने-सोने के रंगवाले; पासे-अंग; कलवति-करवत, हैयाती-जीवन, आयु, थिर-स्थिर, कायम, आसणि-गददी,

बैसि-बैठना, डउ-दावाग्नि, जंगल की आग, सीआले-सर्दियाँ, सोहदीआ-सुशोभित, पिर-प्रीतम, बाहड़ीआं-भुजाएँ, गढ़ेदिआं-रचते हुए, चलणहार-नाशवान, प्राणी, खिन-क्षण, खेवट-मल्लाह, जालण-वक्त काटना, उलामें-उलाहने।)

शेख़ फ़रीद कहते हैं (ऐ जीव) अल्लाह में दिल लगाओ, प्रभु की शरण को ग्रहण करो। यह शरीर तो एक दिन मिट्टी हो जायेगा और क़ब्र में अपना घर बना लेगा।

1. प्रभु से मिलन आज ही सम्भव हो सकता है यदि तुम अपने मन को चंचल करने वाली इंद्रियों (कूंजड़ियों) को वश में कर लो, जो तुम्हारे मन को उत्तेजित करती या उकसाती हैं। (रहाऊ, टेक)
2. जब इस सच्चाई को जानते ही हैं कि आख़िर मरना ही है और फिर लौटकर नहीं आना; तो इस असार संसार में अपना मन लगाकर अपने आप को व्यर्थ क्यों गँवायें?
3. हमें सदा सत्य कहना चाहिये, झूठ कभी न बोलें। जो मार्ग गुरु ने बताया है, शिष्य को उसी पर चलना चाहिये।
4. संत रूपी छैल-नौजवानों को भवसागर से पार होते देखकर जीवात्मा जो कि दुनिया-धंधे में पड़ी है आत्मा का अधीर मन भी आश्वस्त होता है कि वह दुनिया के उसी पथ पर चल पार उतर जाएँगी। परमात्मा से विमुख लोगों के मायावी (धन-दौलत, सोने के) फंदों को आरे से चीरा जायेगा।
5. शेख़ फ़रीद का कहना है कि इस संसार में किसी का भी जीवन स्थिर नहीं। आज हम जिस आसन पर बैठे हैं, हमसे पहले इस आसन पर बहुत-से लोग बैठे और चले गये।
6. कुछ दिन ऐसे भी आते हैं जब इन्द्रियाँ मनुष्य को कुछ करने के लिए उकसाती हैं, ये दिन कार्तिक महीने में कूंजों के उड़ने के समान होते हैं। फिर कुछ दिन ऐसे भी होते है जैसे शरीर में कामाग्नि प्रज्वलित होती है, जैसे चैत्र मास में दावाग्नि भड़क उठी हो। कुछ दिनों में चांचल्य मन को यों विदीर्ण करता है जैसे सावन के महीने में बिजली आकाश में चमक उठती है। आध्यात्मिक दृष्टि से ये सभी दिन सांसरिक विलास के हैं। परन्तु प्रभु के रसिया या प्रेमी को हेमन्त जैसे दिन चाहिए, जब शीतकाल में प्रियतम के गले में बाँहें डाल कर सोना शोभा देता है।
7. इस नश्वर संसार से मनुष्य अंततः चल देते हैं। चले जाने वाले धीरे-धीरे चले जाते है। ज़रा सोचो, जिस शरीर की रचना के लिए छः महीने लगते हैं, उसे तोड़ने में क्षण-भर लगता हैं।

8. हे फ़रीद! ज़मीन आकाश से पूछती है कि वे लोग, जो अपने-आप को उद्धारक, मार्गदर्शक मानते थे, वे कहाँ गए? आकाश जवाब देता है कि वे क़ब्रों में पड़े सड़ रहे है और दुख सह रहे हैं। उनके हृदय को मुनकर तथा नकीर से उलाहने सुनने पड़ रहे हैं। (मुनकर तथा नकीर दो फ़रिश्ते हैं। इस्लामी मत के अनुसार वे क़ब्र में मुर्दों से पूछताछ करते हैं।)

राग सूही

तपि तपि लुहि लुहि हाथ मरोरउ।
बावलि होई सो सहु लोरउ ॥
तै सहि मन महि कीआ रोसु।
मुझु अवगन सह नाहीं दोसु ॥1॥

तै साहिब की मैं सार न जानी।
जोबन खोइ पाछै पछुतानी ॥1॥ रहाऊ ॥

काली कोयल तू कित गुन काली।
अपने प्रीतम के हउ बिरहै जाली ॥
पिरहि बिहून कतहि सुखु पाए।
जो होइ कृपालु ता प्रभु मिलाए ॥2॥

विधण खुही मुंध इकेली।
ना को साथी न को बेली ॥
करि किरपा प्रभि साधसंगि मेली।
जा फिरि देखा तो मेरा अलहु बेली ॥3॥

वार हमारी खरि उडीणी।
खंनिअहु तिखी बहुत पिईणी ॥
उसु ऊपरि है मारगु मेरा।
सेख फ़रीदा पंथ समारि सवेरा ॥4॥

(तपि-दुखी हो के, लुहि लुहि-जल जल कर, मरोरउ-पछताना, बावलि-दीवानी,

सहु-प्रीतम, लोरउ-ढूँढती हूँ, सहि-उसके साथ, रोसु-रोष, नाराज़गी, अवगन-अवगुण, सार-मूल्य, कदर जोबन-यौवन, बिहून-विरहति, बिना, विधण खुही-उजड़ा हुआ कुआँ, (जहाँ कोई स्त्री पानी भरने के लिए नहीं आती), मुंध-रुह, स्त्री, बेली-मित्र, अलहु बेली-एक अल्लाह ही मेरा मित्र या साथी है, खरी उडीणी-बहुत उदास, दुखदायी, खंनिअहु-तलवार की धार से, तीखी-तेज़, पिईणी-पतली, समारि-संभाल ले, सवेरा-शीघ्र।)

इस पद में बाबा फ़रीद प्रभु से विमुख आत्मा के दुख को बयान करते हैं तथा कहते है, प्रभु के बिना मैं (जीवात्मा) शोक संतप्त होकर दुखी हो रही हूँ, हाथ मलती हूँ और उन्मादित होकर अपने प्रियतम को खोज रही हूँ।

1. हे मेरे प्रियतम, मैं तेरा मूल्य-महत्व जान नहीं सकी। यह मेरे अवगुणों का दोष है। इसमें तेरा कोई दोष नहीं। तू सबका मालिक है, मैंने तेरी कद्र नहीं जानी। अब यौवन बीत जाने पर अर्थात् अहम् नष्ट होने पर मैं तुम्हारे लिये पछता रही हूँ। (रहाऊ)
2. ऐ काली कोयल, मैं तो अपने प्रियतम के विरह में जल चुकी हूँ। तू किस कारण काली है? क्या तू भी किसी के वियोग में जली है? यह सच है, प्रियतम के बिना किसी को कहीं सुख नहीं मिलता। उसकी ही कृपा हो तो आत्मा रूपी स्त्री परमात्मा रूपी पति से मिलाप कर सकती है।
3. यह कुआँ एकदम सूना है अर्थात् वियोग की स्थिति में है। इसमें आत्मा रूपी स्त्री अकेले ही गिर गयी है। वहाँ उसका कोई भी संगी या मित्र नहीं है। ऐसे दुख के, अकेलेपन के समय में परमात्मा रूपी पति ने ही मुझे सहयोग दिया, मेरी रक्षा की। जब मैं पीछे मुड़कर देखती हूँ तो इस संसार में मुझे अपना परम हितैषी और मित्र परमात्मा ही दिखाई पड़ता है।
4. जीवात्मा का परमात्मा से मिलन का रास्ता सरल नहीं, बल्कि बहुत तंग और सूना है। यह तलवार की धार सरीखा तेज़ और पतला है। जीवात्मा को इसी मार्ग पर ही चलना होता है। यहाँ पर फ़रीद जी शून्य मार्ग की ओर संकेत कर रहे हैं। फ़रीद जी कहते हैं कि समय रहते ही इस मार्ग की जानकारी प्राप्त कर शीघ्रता से चल देना ही उत्तम है।

राग सूही ललित

बेड़ा बंधि न सकिओ बंधन की वेला।
भरि सरवरु जब ऊछलै तब तरणु दुहेला ॥1॥
हथु ने लाइ कसुंभड़े जलि जासी ढ़ोला ॥1॥ रहाऊ ॥
इक आपीनै् पतली सह केरे बोला।
दुधा थणी ना आवई फिरि होई न मेला ॥2॥
कहै फ़रीद सहेलीहो सहु अलाएसी।
हंसु चलसी डुंमणा अहि तनु ढेरी थीसी ॥3॥

(बेड़ा-नौका, किश्ती; सरवरु-सरोवर; ऊछलै-तूफान; तरण दुहेला-कठिन, दुष्कर। कंसुभड़ै-भडकीले किन्तु कच्चे रंग का फूल, नश्वरता का प्रतीक; जलिजासी-सड़ जायेगा; ढोला-प्रिय, प्रीतम; आपीनै-स्वयं; पतली-दुर्बल, स्वभाव से निर्बल; सह-इस पर भी, केरे-कठोर, कड़वे बोल बोलती हैं, थणी-स्तनों में, अलाएसी-बुलाएगा, हंसु-आत्मा, डुंमणा-उदास, गरीब-निमाणा जैसा हो कर, ढेरी थीसी-मिट्टी के ढेर समान हो जाएगा।)

1. इस संसार रूपी भवसागर को पार करने के लिए एक नौका की ज़रूरत है। जब बेड़ा बाँधने का अर्थात् भजन-बन्दगी करने का समय था, तब तुमने इस किश्ती को डूबने से बचाने के लिए कोई भी ठोस इन्तज़ाम नहीं किया। जब सागर में तूफान आने से इस की लहरें और भी ऊँची और तेज़ हो जाएगी अर्थात् जीवन में विषय-विकार बढ़ जाएँगे, तो किश्ती को सँभालना और फिर तैर कर पार जाना बेहद कठिन हो जायेगा।
2. कुसुंभ (कुसुम) का फूल बड़ा लाल तथा भड़कीला होता है, किन्तु इसे हाथ ना लगाना, तू जल जाएगा अर्थात् विषय-विकार कुसुंभ के फूल के समान सुन्दर और आर्कषक होता है, किन्तु उस का सौंदर्य आग की लपट की तरह दाहक होता है। इस भड़कीली और अपनी ओर आकर्षित करने वाली माया

से स्नेह मत कर, यह तेरा नाश कर देगी। (रहाऊ)

3. एक तो जीव रूपी स्त्री स्वयं दुर्बल है, दूसरे मालिक कठोर है अर्थात् स्त्री ने प्रभु-नाम का बल प्राप्त नहीं किया और उसे कठोर आदेशों का सामना करना पड़ता है। परमात्मा से मिलन मनुष्य योनि में ही सम्भव है, क्योंकि जिस प्रकार थनों से निकाला गया दूध दोबारा थनों में नहीं जा सकता, उसी प्रकार इस जन्म को गँवा देने पर दोबारा परमात्मा से मिलाप सम्भव नहीं हो सकता।
4. फ़रीद जी कहते है, हे सखियो, हमारा शौहर (परमात्मा) हम सभी को ज़रूर ही अपने पास बुला लेगा अर्थात् हमारी मृत्यु तो निश्चित है। तब यह जीवात्मा उदास हो कर बिना किसी प्राप्ति के प्रभु के पास चली जायेगी और यह शरीर मिट्टी की ढेरी में तब्दील हो जायेगा।

श्लोक शेख़ फ़रीद के

जितु दिहाड़े धन वरी साहे लए लिखाइ।
मलकु जि कन्नी सुर्णीदा मुहु देखाले आइ ॥
जिंदु निमाणी कढीऐ हडा कूं कड़काई।
साहे लिखे न चलनी जिन्दु कूं समझाइ ॥
जिंदु वहुटी मरणु वरु लै जासी परणाइ।
आपण हथी जोलि कै कै गलि लगै धाइ ॥
वालहु निकी पुरसलात कन्नी न सुणीआइ।
फ़रीद किड़ी पंवदीई खड़ा न आपि मुहाइ ॥1॥

(जितु-जिस; दिहाड़ै-दिन; धन-स्त्री; वरी-ब्याही गई; साहे-ब्याह की तारीख, जन्म लिया; लिखाई-उसकी मौत का दिन उसी दिन निश्चित हो गया; उसके सांसों की गिनती लिख दी गईं; मकुल-मलिकुल मौत अज़राईल, मौत का फरिश्ता; कन्नी-कानों से; सुणीदा-सुनते है; जिंद-ज़िंदगी, जान; निमाणी-बेचारी, मिस्कीन; कू-को, कड़काई-तोड़कर, न चलनी-टल नहीं सकते; जिदूं-जान; वहुटी-वधू, बहू; मरण-मृत्यु; परणाइ-ब्याह कर; जोलि कै-चलाकर विदा करवा के; धाई-दौड़कर; वालहु निकी-बाल से भी बारीक; पुरसलात-पुलसिरात, मुसलमानों के विश्वास के अनुसार-दोज़ख के ऊपर वह पुल, जो बाल से अधिक बारीक और तलवार से भी ज्यादा तेज़ है। नेक लोग आसानी से उसके ऊपर से गुज़रकर बहिशत में चले जाएँगे और बद आदमी दोज़ख में गिर जाएँगे; किड़ी-आवाज़; पंवदीई-पड़ रही है; मुहाइ—लुटा।)

इस श्लोक में फ़रीद जी मौत की निश्चिंतता को सदा याद रखने के उद्देश्य को प्रकट करते हुए उसे भारतीय संस्कृति अनुसार विशेषकर पंजाब के पारम्परिकविवाह-रीति अनुसार ढाल कर प्रस्तुत करते हैं। फ़रीद जी के अनुसार, जिस दिन मनुष्य रूपी स्त्री का विवाह होगा, उसका मुहुर्त्त (लग्न) निश्चित होता है। अर्थात् मनुष्य के जन्म लेते ही उसकी मौत का दिन भी निश्चित होता है। स्त्री का विवाह

अर्थात् जीवात्मा की मौत होगी। जिस मृत्यु के दूत के बारे में सुना होता है, वह आकर मुँह दिखाता है। जैसे स्त्री ने अपने वर के सम्बन्ध में बातें सुनी होती हैं, विवाह के दिन वह उसका मुँह देखती है। शरीर में से जान बहुत कठिनाई से निकलती है, बेचारी जीवात्मा को हड्डियों को तोड़ शरीर से अलग किया जाता है। इसलिए जीवात्मा को इस अवसर के लिए तैयार रहना चाहिये, क्योंकि इस मुहुर्त को टाला नहीं जा सकता, यथा अवसर ही चलना पड़ता है। जिस प्रकार माता-पिता कन्या को विवाह की बात बता, मानसिक तौर से दूसरे घर में जाने के लिए तैयार करते हैं। जीवात्मा रूपी दुल्हन को मरण देवता वर निश्चित ही ब्याह कर ले जाता है। अपने हाथों से जीवात्मा को विदा करके, यह शरीर फिर दौड़कर किसके गले लगेगा। वह हाथ छुड़कार भाग नहीं सकेगी। भाग कर किसकी शरण में जाएगीं, क्योंकि मौजूद सत्व में जाने के बाद शरीर में सिवाय मिट्टी के और बाकी भी क्या रह जाएगा। ऐ जीव, क्या तुमने सुना नहीं कि नरक की अग्नि पर बना पुल पुलसिरात, जो बाल से भी सूक्ष्म है और तलवार की धार से तीखा है। उससे गुजरते हुए दोज़ख में जलने वालों के कराहने तथा दुख-भरी आवाज़ें सुनाई देती हैं। फ़रीद जी मनुष्य को बार-बार इस सच्चाई से अवगत करवाना चाहते हैं कि तू इस शोर से बेखबर न रह और अपने-आपको यहाँ खड़े-खड़े न लुटा अर्थात् भोग-विलास करके आत्मनाश न कर, इस तरह बेखबर रहने से तू स्वयं को ही ठग रहा है। खुदा के नेक और अच्छे चाल-चलन वाले बन्दे बड़ी आसानी से इस पुल को पार कर अपने प्रीतम या परमात्मा की शरण में जा पहुँचते हैं।

फ़रीदा दर दरवेसी गाखड़ी चलाँ दुनीआँ भति।
बंनि उठाई पोटली किथै वंञा घति ॥2॥

दर-मालिक का दरबार; दरवेसी-फकीरी; गाखड़ी-कठिन, मुशिकल; भत-भांति, समान; पोटली-मोह की गठरी; वंञा–जाऊँ; घति–फेंककर।

फ़रीद जी कहते हैं, परमात्मा के द्वार पर दरवेश (फ़कीर) बनना बड़ा कठिन है। मैं तो दुनिया की रीति अनुसार चल रहा हूँ। मैंने संसारिक पदार्थों की गठरी बाँधकर उठा रखी है; अब मैं इसे कहाँ और कैसे छोड़ जाऊँ? अर्थात् दुनियादारी से छुटकारा कैसे पाऊँ?

किछु न बुझै किछु न सुझै दुनीआ गुझी भाहि।
सांई मेरे चंगा कीता नाही त हम्भी दझाँ आहि ॥3॥

भुझी-छुपी हुई; माहि-आम; हम्भी-मैं भी; दझाँ-दग्ध हो जाती, जल जाती; आहि-इसमें।

यह संसार लुप्ताग्नि के समान है, इसमें नीचे से धीरे-धीरे जलने पर ऊपरी परत से कुछ पता नहीं चलता। मुझे ठीक से समझ भी नहीं आता, कुछ सुझाई नहीं देता।

मेरे स्वामी (परमात्मा) ने अच्छा ही किया जो मेरे अन्दर वैराग्य पैदा कर दिया अन्यथा मैं भी इस आग में जलकर भस्म हो जाता।

फ़रीदा जे जाणां तिल थोड़ड़े, संमलि बुकु भरी।
जे जाणा सहु नंढ़ड़ा तां थोड़ा माण करी ॥4॥

(तिल-साँसें, थोड़ड़े-कम, संमलि-संभाल के, सहु-शौह, स्वामी, नंढ़ड़ी-छोटी उम्रवाला,)

भारतीय परम्परा में विवाह के समय तिल बाँटने का रिवाज़ था और विवाह सूफ़ियों-संतों की शब्दावली में मृत्यु का प्रतीक है। जीवात्मा को वधू के प्रतीक में प्रयुक्त किया जाता है। फ़रीद जी कहते है कि यदि मुझे पता होता कि श्वास रूपी तिल कम हैं तो मैं सावधानी से मुट्ठी भरता अर्थात् सावधानीपूर्वक जीवन बिताता। आयु की अवधि कम होने पर ज़्यादा समय आवारगी या सांसारिक काम-धंधों में व्यतीत न करता। यदि मुझे पता हो कि मेरा पति परमेश्वर बाल-सुलभ (बेपरवाह) है, वह नाज-नज़ाकत पर नहीं रीझता, तो मैं अपनी जवानी का मान या प्रदर्शन उसके सम्मुख न करता अर्थात् बेपरवाह परमात्मा के सामने अभिमान नहीं, समर्पण अपेक्षित होता है।

जे जाणा लड़ छिजणा, पीड़ी पाई गंढि।
तै जेवडु मैं नाहि को सभु जगु डिठा हंढ़ि ॥5॥

(छिजणा-क्षीण हो चुका, फटा-पुराना, पीड़ी-पक्की, कस कर, गंढ़ि-गांठ, जेवडु-तेरे जितना बड़ा, हंढ़ि-अनुभव में से गुज़रकर।)

यदि मुझे मालूम होता कि प्रिय के साथ वैवाहिक सम्बन्ध वाला पल्लू क्षीण है, कमज़ोर है (फट जायेगा), तो मैं मज़बूत गाँठ लगाता। प्रभु से प्रेम का दामन पकड़कर उसे मज़बूती से अपना लेता, क्योंकि मैंने घूम-फिर कर सारा संसार परख लिया है। वास्तव में प्रभु से बड़ा और कोई भी नहीं है।

फ़रीदा जे तू अकलि लतीफ़ काले लिखु न लेख।
आपनड़े गिरीबान मेहि सिरु नीवां करि देख ॥6॥

(अकलि लतीफ़-सूक्ष्म बुद्धि वाला लेख-आचार-व्यवहार, कर्म आपनड़े-अपने, गिरीवान-गिरेबान।)

ऐ फ़रीद, यदि तू सूक्ष्म बुद्धिवाला है तो काले लेख न लिख अर्थात् पापाचार न कर, अपना दुर्भाग्य स्वयं न लिख, अर्थात् जीवन में अज्ञान का अँधेरा न होने दे। बल्कि सिर झुकाकर अपने अन्दर झाँक कर देख कि आखिर तेरे कर्म कैसे है।

फ़रीदा जो तै मारनि मुकीआँ तिना न मारे घुंमि।
आपनड़ै घरि जाईऐ पैर तिना दे चुंमि ॥7॥

(तै-तुझे, तिनां-उन्हें, घूंमि-घूम कर, प्रत्युत्तर में, आपनड़ै-अपने, चुमि-चूम कर।)

इस श्लोक में फ़रीद जी नम्रता अपनाने पर ज़ोर देते हुए उसे अपना स्वभाव बनाने के लिए प्रेरित करते हुए कहते हैं कि यदि कोई तुम्हें मुक्के भी मारे तो बदले में तुम उसे मत मारो। अपितु, मारनेवाले के पैर चूम कर अपने घर अर्थात् निजस्वरूप में, मुक्तावस्था में चले जाओ। अर्थात् बदले की भावना से मनुष्य का कोई भला नहीं होता, विनम्रता से ही दुश्मनों तथा ग़ैरों को जीता जा सकता है।

फ़रीदा जां तउ खट्टण वेल, ताँ तूं रता दूनी सिउ।
मरग सवाइ नीहि जां भरिआ ताँ लदिआ ॥8॥

(जां-जब, खट्टण वेल-कमाने का समय, अध्यात्म-साधना का अवसर, रत्ता-रंग हुआ, अनुरक्त, सिउ-से, मरग-मृत्यु, सवाई-अधिक, नीहि-नींव, लदिआ-भरा-पूरा होने के बावजूद जाना पड़ा।)

फ़रीद जी कहते है कि जब कमाई करने का अवसर था, अर्थात अध्यात्म-साधना करने का समय था तो तू सांसारिक कार्य-कलापों में अनुरक्त रहा, दुनियादारी के चक्रों में उलझा रहा। अब तो मौत की नींव पक्की हो गई है अर्थात् श्वास पूरे हो गए हैं। जब खेप भरी जाती है तो बनजारा लादकर चल देता है। बस अब इस संसार से विदा हो जाना है। मर जाने के बाद क्या किया जा सकता है?

देख फ़रीदा जु थीआ दाढ़ी होई भूर।
अगहु नेड़ा आइआ पिछा रहिआ दूरि ॥9॥

(थीआ-हुआ, भूर-भूरी, आधी काली, आधी सफेद, अगहु-परलोक, मृत्यु-देश, पिछा-इहलोक।)

बाबा फ़रीद स्वयं से सम्बोधित हैं देख, तेरे साथ क्या बीत रहा है? दाढ़ी सफेद हो गई है। मृत्यु समीप आती जा रही है। जीवन दूर होता जा रहा है, अर्थात् कुछ कर सकने के अवसर दूर होते जा रहे हैं। मृत्यु को समीप देखकर ही कुछ अच्छे कर्म कर ले।

देख फ़रीदा जि थीआ सकर होई विसु।
साँई बाझहु आपणे वेदण कहीऐ किसु ॥10॥

सकर—शक्कर; मिष्ठान; विसु—विष, बाझहु—बिना, सिवाय; वेदण—वेदना, पीड़ा;।

ऐ फ़रीद, देखो तुम्हारे साथ क्या बीत रही है। तुम्हारे लिए शक्कर भी विष समान हो गई है अर्थात् भोग-विलास की मिठाई अब विष के समान कटु और मारक हो गई है क्योंकि अब बुढ़ापा आ गया है। बुढ़ापे का यह दुख मैं अपने स्वामी प्रभु को छोड़कर किससे कहूँ?

फरीदा अखी देखि पतीणीआँ सुणि सुणि रीणे कन्न
साख पकंदी आईआ होर करेंदी वन्न ॥11॥

अखीं—आँखें; देखि पतीणीआँ—देखकर पतली (कमज़ोर) हो गई, देख-देख कर अधा गई, रीणे—रीते; कन्न—कान; साख—शाख, खेती; पकंदी—पक गई; वन्न—रंग।

फ़रीद जी कहते हैं कि, मेरी आँखों की ज्योति दुनियावी वस्तुओं को देख-देख कर मंद पड़ गई हैं, कानों की श्रवण-शक्ति सुन-सुनकर बुझ गई है। बुढ़ापा आ गया है, यह शरीर रूपी खेती अब पक रही है, तभी तो यह धीरे-धीरे अपना पूरा रंग ही बदल रही है।

फरीदा काली जिनी न राविआ धउली रावै कोई
करि सांई सिउ पिरहड़ी रंगु नवेला होइ ॥12॥

काली—जब केश काले थे, यौवनावस्था में; राविआ—रमण, स्मरण किया; धउली—जब केश सफेद थे, वृद्धावस्था में; पिरहड़ी—प्रेम; नवेला—नया, पुर्नयौवन

फ़रीद जी अनुसार जिसने यौवन अवस्था में, जब बाल काले थे, इश्क नहीं किया, वह बुढ़ापे में क्या प्रेम करेगा? प्रेम से भाव प्रभु-प्रेम से है। लेकिन प्रभु-प्रेम के लिए समय निकल नहीं गया, जब चाहो अपने स्वामी से प्रीति आरम्भ कर दो। इसके परिणामस्वरूप अब भी नित्य-नवीन आनन्द प्राप्त हो जायेगा अर्थात् बुढ़ापे का निराशाजनक प्रभाव नहीं रहेगा।

महला 3 ॥

फ़रीदा काली धउली साहिबु सदा है जे को चिति करे
आपणा लाइआ पिरमु न लगई जे लोचै सभु कोई
एहु पिरमु पिआला खसम का जै भावै तै देई ॥13॥

(को-कोई, पिरमु-प्रेम, लोच-चाहे, इच्छा करे, खसम-पति, भावै-दिल को अच्छा लगे, देई-उसे देता है।)

ये श्लोक फ़रीद-वाणी का नहीं है लेकिन (12वें श्लोक) के सन्दर्भ में गुरु अमरदास जी ने अपना अभिमत प्रकट किया। महला 3 अर्थात् नानक परम्परा में

तृतीय गुरु उन्हीं का वाचक है। उनके अनुसार, प्रभु से प्रेम का अवसर सदा मौज़ूद है, केश काले हों या सफेद, इससे कोई फ़र्क़ नहीं पड़ता। बेशक प्रेम की आकांक्षा सभी करते हैं, लेकिन यह अपने लगाए नहीं लगता। इसका असल रंग परमात्मा की अपनी देन है वह जिसे चाहे, उसे देता है। अर्थात् प्रभु-प्रेम के लिए कोई उम्र या अवस्था निर्धारित नहीं और न ही किसी विशेष का दावा हो सकता है।

फ़रीदा जिन लोइण जगु मोहिआ से लोइण मैं डिठु।
कजल रेख न सहदिआ से पंखी सूइ बहिठु ॥14॥

(लोइण-लोचन आँखें, डिठु-देखा, कजल-काजल, रेख-काजल की रेखा, सूइ-सुए, पक्षियों के शिशु, बहिठु-बैठे हुए।)

वह आँखें कभी इतनी खूबसूरत रहीं जिनमें सारे संसार को मोह लेने तथा जादू करने की शक्ति थी। वह आँखें इतनी नाजुक थीं कि काजल की रेखा तक नहीं सह पाती थी। लेकिन मरणोपरांत उन खूबसूरत आँखों की हालत यह थी उन कोटरों में पक्षियों ने अपने शिशुओं को जन्म दे दिया अर्थात् कभी भी शारीरिक खूबसूरती पर घमण्ड नहीं करना चाहिए। अन्त में उसका बुरा ही हश्र होता है।

फ़रीदा कूकेदिआ चांगेदिआ, मती देंदियाँ नित।
जो सैतानि वंझाइआ से कित फेरहि चित ॥15॥

(कूकेदिआ-गुहार लगाते हुए, चाँगेदिआ-चीखते हुए, बंझाइआ-गंवा दिया, भ्रष्ट कर दिया।)

बाबा फ़रीद अनुसार, हमने ऊँचे स्वर में गुहारते हुए, चीखते हुए मन को बहुत समझाया, किन्तु शैतान ने जिसे भ्रष्ट कर दिया, उसका मन कुकर्मों से कैसे हट सकता है अर्थात् मोह-माया में फँसे जीवों का वहाँ से निकलना बहुत कठिन होता है।

फ़रीदा थीउ पवाही दभु।
जे साँई लोड़हि सभु
इकु छिजहि बिआ लताड़ीअहि।
तां साँई दे दरि वाड़ीअहि ॥16॥

(थीउ-हो जा, पवाही-पैरों की, रास्ते की, दभु-घास, छिजहि-छीजे, तार-तार कर दे, बिआ-दूसरा, दरि-दरवाज़ा, वाड़ीअहि-भेजा जायेगा)

यदि जीव सर्वशक्तिमान परमात्मा को पाना चाहता है तो उसे रास्ते की दूब या घास की तरह बन जाना चाहिये। घास को कुछ लोग तोड़ते हैं, तार-तार कर देते हैं, कुछ लोग पैरों तले कुचल देते हैं, परन्तु वह सदा लोगों के पैरों तले बिछी रहती है अर्थात् उस जैसी विनम्रता होने पर ही परमात्मा के द्वार में प्रवेश मिल पाता है।

फ़रीदा खाकु न निंदीऐ खाकू जेडु न कोइ
जीवदिआ पैरां तले मोइआ ऊपरि होई ॥17॥

(खाकु-मिट्टी, निंदीऐ-निंदा करे, जेडु-जितना, बराबर, जीवदिआ-जीते जी।)

फ़रीद जी के अनुसार, मिट्टी की कभी भी निन्दा नहीं करनी चाहिये, क्योंकि मिट्टी की बराबरी कोई नहीं कर सकता। जब तक मनुष्य जीवित रहता है, मिट्टी उसके पैरों तले रहती है अर्थात् उसे खड़े रहने की शक्ति देती है, परन्तु मृत्यु के उपरान्त मिट्टी ही मनुष्य के ऊपर डाली जाती है अर्थात् मनुष्य अन्त में मिट्टी में मिलकर मिट्टी हो जाता है।

फ़रीदा जा लबु ता नेहु किआ लबु त कूड़ा नेहु
किचरु झति लघाईऐ छपरि तुटै मेहु ॥18॥

(लबु-लोभ, लालच, नेहु-स्नेह, प्रेम, कूड़ा-झूठ, असत्य, किचरु-कितनी देर तक, झति-झट, समय, छपरि-झोंपड़ी, मेहु-बारिश, बरखा।)

जहाँ लोभ हो, वहाँ प्यार सम्भव नहीं। लोभ सहित प्रेम सदा असत्य तथा मिथ्या ही होता है। आखिर बारिश के दिनों में टूटे छप्पर के नीचे कब तक समय बिताया जा सकता है। अर्थात् लोभ सहित प्रेम में कभी अपनापन या एकस्वरता सम्भव नहीं हो सकती, जैसे वर्षा और टूटी हुई झोंपड़ी का साथ लम्बे समय तक निभना सम्भव नहीं होता।

फ़रीदा जंगलु जंगलु किआ भवहि वणि कंडा मोड़ेहि
वसी रबु हिआलीऐ जंगलु किआ ढूँढेहि ॥19॥

(भवहि-भटकते हुए, घूमते हुए, कंडा-कांटा, मोड़ेहि-वन के कांटों को दबाते-कुचलते हुए, वसी-बसता है, हिआलीऐ-हृदय में।)

फ़रीद जी के अनुसार, ऐ जीव, जंगल-जंगल में, वनस्पति के बीच और नदी-तटों पर घूमते हुए क्यों पाँव तले काँटों को रौंदता है? परमात्मा तो तेरे भीतर हृदय में बसा हुआ है। जंगलों में भला उसे ढूँढते हुए क्यों घूम रहा है? अर्थात् परमात्मा को सदा अपने अंतर्मन में ही पाया जा सकता है।

फ़रीदा इनी निकी जंघीऐ थल डुंगर भविओमि
अजु फ़रीदे कूज़ड़ा सै कोहाँ थीओमि ॥20॥

(निकी-छोटी, जंघा-टाँगे, थल-मरुस्थल, डूंगर-पर्वत, भविओमि-मैं घूमता-भटकता रहा, कूज़ड़ा-कूज़ा, मिट्टी का बर्तन, थीओमि-मेरे लिए हो गया।)

फ़रीदा जी यौवनावस्था का स्मरण करते हुए उसकी तुलना वृद्धावस्था से करते

हुए कहते हैं, इन छोटी-छोटी टाँगों से मैं मरुस्थल तथा पर्वतमालाओं पर घूमता रहा। बुढ़ापे में यह हालत हो गयी है कि अपने ही पास पड़ा मिट्टी का प्याला या बर्तन भी मुझे सैकड़ों कोस दूर प्रतीत हो रहा है अर्थात् अब कुछ भी कर सकने की सामर्थ्य मुझमें नहीं रह गयी है। फिर इस वृद्धावस्था में परमात्मा के मार्ग पर चलना और भी कठिन प्रतीत होता है।

फ़रीदा राती वडीआँ धुखि धुखि उठनि पास
धिगु तिन्हा दा जीविआ जिना विडाणी आस ॥21॥

(धुखि-धुखि-बिरहा में अंग-अंग जल रहा है, सुलग-सुलग कर, वडीआ-बड़ी, लम्बी, पास-पार्श्व, छाती का दाहिना या बायाँ भाग, अलग-बगल, धिगु-धिक्कार, विडाणी-बेगानी।)

अपने प्रीतम के वियोग में रातें बहुत लम्बी हो गई हैं, काटते नहीं कटतीं। बार-बार करवटें पलटते हुए शरीर भी दर्द करने लगा है। ऐसे समय में सिर्फ अपने प्रिय के पास होने पर ही सुकून मिल सकता है। उन जीवों पर धिक्कार है जो पर-इच्छा पर यकीन करते हैं। अर्थात् अपने प्रियतम को भुला कर किन्हीं और तरीकों से रात की रंगीनियों में खो जाते हैं।

जे मैं होदा वारिआ मिता आइड़िआँ
हेड़ा जलै मजीठ जिउ उपरि अंगारा ॥22॥

(जे-यदि, होदा-होता, जो वस्तु अपने पास है, वारिआ-छुपा कर रख लिया है, मिता-मित्र, आइड़िआँ-आए हुए, हेड़ा-हृदय, मजीठ-लाल रंग।)

फ़रीद जी कहते हैं, यदि मैं अपने घर में आए हुये मित्रों से कोई चीज़ छिपाकर रख लूँ, कोई भी बात उनसे छिपाऊँ तो मेरा शरीर या हृदय मजीठ-रंग के अंगारो यानि धधकते अंगारों में जल जाये। अर्थात् सज्जन लोगों के पधारने पर समर्पण का मार्ग ही सही है, उनसे कुछ भी छिपाना सम्भव नहीं और न ही उनके सामने कोई आडम्बर ही चलता है।

फ़रीदा लोड़ै दाख बिजउरिआँ किकरि बीजै जटु
हंढै ऊन कताइदा पैधा लोड़ै पटु ॥23॥

(लोड़ै-इच्छा करता है, दाख-अंगूर, बिजउरिआँ-बिजोर (उत्तर-पश्चिमी सीमांत प्रांत) के इलाके के, हढ़ै-जीर्ण-शीर्ण हो जाता है, पैधा-पहनना, पटु-रेशम।)

फ़रीद जी के अनुसार, यदि कृषक या जाट बबूल बीज कर अंगूर खाने की उम्मीद करता है तो उसकी स्थिति उस व्यक्ति के समान होगी जो उम्र-भर ऊन

कातते हुए रेशम पहनने की इच्छा करता है अर्थात् जीवन का परिणाम सदा कर्म के अनुसार प्राप्त होता है। अच्छे कर्म करने पर फल भी सदा अच्छा निकलेगा।

फ़रीदा गलीए चिकडु दूरि घरु नालि पिआरे नेहु
चला त भिजै कंबली रहाँ त तुटै नेहु ॥24॥

(चिकडु-कीचड़, भिजै-भीगती है, तुटै-टूट जायेगा।)

फ़रीद जी अपनी प्रेममयी स्थिति का वर्णन करते हुए कहते हैं—गलियों में कीचड़ है और प्रियतम का घर दूर है। अपने प्रियतम से गहरे प्यार का नाता होने के कारण उससे मिलने जाये बिना रहा भी नहीं जाता। वर्षा तथा कीचड़ के कारण ऊपर ओढ़ी हुई लोई या कंबली भीगती है। इस कठिनाई से बचने के लिए यदि प्रियतम के पास नहीं जाता तो प्यार को बट्टा लगता है, नेह टूटता है। अर्थात् प्रभु-प्रेम का मार्ग बेहद कठिन है और उस पर चलने से कई रुकावटें सामने आती हैं जिनसे पार जाने की हिम्मत होनी चाहिये।

भिजउ सिजउ कंबली अलह बरसउ मेहु
जाइ मिला तिना सजणा तुटउ नाही नेहु ॥25॥

(सिजउ-भीग जाए, अलह-अल्लाह।)

यह श्लोक ऊपर वाले श्लोक (24) का अर्थ पूर्ण करता है। इस श्लोक में वह प्रेम की वचनबद्धता को बनाए रखने पर दृढ़ रहते हैं कंबली भीगती है तो भीग जाये, मेह बरसता है तो बरसता रहे। इस भीगते मौसम तथा कीचड़ सने मार्गों पर चलने से भी गुरेज़ न करके अपने प्रियतम से ज़ा कर मिलना ही बेहतर है ताकि प्रेम सदा अटूट रहे।

मैं भोलावा पग दा मतु मैली हो जाइ
गहिला रूहु ना जाणई सिरु भी मिट्टी खाइ ॥26॥

(भोलावा-भ्रम, गहिला-गाफ़िल, रुहु-मूर्ख आत्मा, जाणई-जानता।)

फ़रीद जी कहते है कि मैं इस गलतफ़हमी में था कि मेरी पगड़ी मैली हो जायेगी, किन्तु मूर्ख जीव और भ्रमित आत्मा को यह नहीं पता कि मरणोपरांत पगड़ी तो क्या, सिर को भी मिट्टी खा लेती है।

फ़रीदा सकर खंडु निवात गुड़ु माखिओं माँझा दूधु
सभे वसतू मिठीआँ रब पुजनि तुधु ॥27॥

(निवात-मिसरी, माखिउ-शहद, मधु, माँझ दूध-भैंस का दूध, न पुजण-नहीं पहुँचती, तुधु-तुझे।)

फ़रीद जी के अनुसार, शक्कर, खांड, मिसरी, गुड़, शहद, भैंस का दूध आदि वस्तुएँ मीठी हैं, किन्तु ये वस्तुएँ जीव को परमात्मा की ओर प्रवृत्त नहीं कर सकतीं, अंततः बेकार है। इनकी मिठास से कहीं अधिक मीठा है परमात्मा पर जिसकी प्राप्ति के आगे सभी कुछ फीका-फीका होता है।

फ़रीदा रोटी मेरी काठी की लावणु मेरी भुख
जिना खाधी चोपड़ी घणे सहनिगे दुख ॥28॥

(लावणु-लवाज़म, वह वस्तु जिसके साथ खाना खाया जाता है, साग-सब्ज़ी, मांस आदि, घणे-घने, बहुत-से।)

यह श्लोक सांसारिक भोग-विलास से मुक्त रहने पर ज़ोर देता है। फ़रीद जी के अनुसार, मेरी रोटी लकड़ी की तरह कठोर है और मेरी भूख उसके संग ग्रहण किये जाने वाली सब्जी है। अर्थात भूख को मैंने संयत करके रखा है। काठ की कठोर रोटी मुझे सांसारिक भोग-विलास से परे रखती है। जो लोग घी आदि से चुपड़ी रोटी खाते हैं अर्थात् विषय-विकारों में पड़ते हैं उन्हें दुख सहन करने पड़ेंगे।

रुखी सुखी खाई कै ठंड़ा पानी पीउ
फ़रीदा देखि पराई चोपड़ी, ना तरसाए जीउ ॥29॥

फ़रीद जी के अनुसार, रूखी-सूखी खाकर, ठण्डा पानी पी कर अर्थात् सादा भोजन खाकर सन्तुष्ट रहना चाहिए। पराये लोगों की चुपड़ी रोटी तथा स्वादिष्ट भोजन देखकर मन को तरसाना ठीक नहीं। तपस्वी को इन पचड़ों में पड़ना भी नहीं चाहिये। यदि दूसरे विलासिता में जीते हैं तो भी मन को उधर से विरक्त रखना चाहिये।

अजु न सुत्ती कंत सिउ, अंग मुड़े मुड़ि जाइ
जाइ पुछहु डोहागणी तुम किउ रैणि विहाई ॥30॥

(कंत-पति (परमेश्वर), डोहागणी-दुहागिन, सुहागिन का विलोम, विहाइ-बीतना (रात का)।

बाबा फ़रीद के अनुसार, मैं तो केवल आज ही एक दिन के लिए प्रियतम की सेज पर सो नहीं सकी। इस कारण मेरे शरीर के अंग-अंग मुड़ रहे हैं, शरीर को बहुत कष्ट हो रहा है। उन सुहागिनों या वियोगिनियों से चल कर पूछना चाहिये कि आखिर वह अपनी रातें कैसे गुज़ारती हैं? अर्थात् सच्चे प्यार में एक दिन का वियोग भी नहीं सहन किया जा सकता, बेचारी विरहणी जीवात्माएँ कैसे जीवन गुज़ारती होंगी?

(सूफ़ी शब्दावली में प्रभु-सुमिरन का आनन्द सेज़-सुख के तुल्य होता है।)

साहुरै ढ़ोई ना लहै पेईऐ नाहीं थाउ
पिरु वातड़ी न पुछई धन सोहागणि नाउ ॥31॥

(ढ़ोई-आसरा, सहारा, लहै-मिले, पेइऐ-मायके में, पिरु-प्रिय, वातड़ी-खबर, धन-धन्य।)

जिस स्त्री को ससुराल में शरण नहीं मिलती, पीहर में भी उसके लिए कोई स्थान नहीं रहता अर्थात् ससुराल (परलोक) में प्रतिष्ठित नहीं, पीहर (इहलोक) में भी उसकी कद्र नहीं होती, उसका पति भी उसकी खबर तक जानने के लिए तैयार नहीं होता ऐसी स्त्री यदि स्वयं को सुहागिन मानती है तो वह धन्य है।

साहुरै पेईऐ कंत की कंत अंगमु अथाहु
नानक सो सोहागणी जु भावै बे परवाह ॥32॥

यह श्लोक गुरु नानक द्वारा रचित है। वह फ़रीद जी के श्लोक (31) पर टिप्पणी करते हुए इहलोक तथा परलोक के विभाजन को रद्द करते हैं। उनके अनुसार, जीव-स्त्री ससुराल या पीहर (परलोक या इहलोक) कहीं भी रहे, दोनों जगह अपने पति (परमेश्वर) की है और वह सदा बे-परवाह है। यदि वह ऐसे बे-परवाह प्रभु-पति को रुचती या उसे पसन्द है, तो वही स्त्री (जीव) वास्तव में सुहागन होती है।

दूसरे शब्दों में, संसार में शुभ कर्म तथा व्यक्तिगत मुक्ति के लिए सुमिरन करना, दोनों ही कर्म प्रभु-भक्ति के प्रतीक हैं। प्रभु इन दोनों से प्रसन्न होते है। वह इस तथ्य से उदासीन हैं कि कर्म उन्हें समर्पित करके किया जा रहा है या उनकी सृष्टि को।

नाती धोती संबही सुती आई नचिंदु
फ़रीदा रही सु बेड़ी हिंङु दी गई कथूरी गंधु ॥33॥

(नाती-धोती-नहाई-धोई, संबही-बनी-ठनी, श्रृंगार युक्त, नचिंदु-निश्चिन्त, बेड़ी-लिपटी हुई, हिंङु-हींग, कथूरी-कस्तूरी।)

जीवात्मा स्त्री यदि प्रियतम की प्रतीक्षा में नहा-धोकर, सज-धज से पूर्ण होकर, भ्रमावर्त, निश्चिन्त होकर प्रिय-संगति के बिना निद्रा-मग्न हो गई। परिणामस्वरूप प्रभु-प्रियतम आकर लौट गये। ऐसी स्थिति में उसके शरीर से आ रही कस्तूरी की गंध उड़ कर उसे हींग की दुर्गंध में बदल गयी। अर्थात् आध्यात्मिक प्रेम का रंग तो नीरस हो गया, विषय-वासना की दुर्गंध शेष बची रह गयी।

दूसरे शब्दों में, कर्मकांड का निर्वाह करने वाला व्यक्ति यदि प्रभु से

एकाकार नहीं हो सका तो वह प्रभावहीन तथा व्यर्थ है। सिर्फ कर्मकांड से कोई प्रसिद्धि हाथ नहीं आती न ही उसका कोई मूल्य रह जाता, यदि वह इहलोक या परलोक में स्वीकृत न हो।

जोबन जँदे ना डराँ जे सह प्रीति न जाइ
फ़रीदा किती जोबन प्रीति बिनु सुकि गए कुमलाई ॥34॥

(सह-शौह, पति, किती-कितने ही।)

ऐ फ़रीद, यदि परमात्मा-पति से मेरा प्यार अटूट बना रहे, तो मुझे अपने यौवन के बीत जाने का कोई डर नहीं, दुख नहीं। प्रभु-प्रियतम के प्रेम के बिना कितने ही यौवन सूख जाते या कुम्हला जाते हैं।

फ़रीदा चिंत खटोला वाणु दुखु बिरह विछावण लेफु
एहु हमारा जीवणा तू साहिब सचे वेखु ॥35॥

(चिंत-चिन्ता, खटोला-खाट, वाण-मूंज आदि की रस्सी जिससे चारपाई बीनते है, लेफ-बिछावन, गदेला आदि।)

फ़रीद जी के अनुसार, प्रभु को पाने की इच्छा ही हमारी चारपाई है, वह दुख रूपी वाण (मूंज की रस्सी) से बुनी गई है और उस पर विरह का विछावन तथा रज़ाई-गदेला मौजूद है। यह हमारा जीवन है कैसी विरह की स्थिति में हम जी रहे हैं। हे सच्चे स्वामी, हमारी इस अव्यवस्थित स्थिति को देखो और हमारा उद्धार करो।

बिरहा बिरहा आखीऐ बिरहा तू सुलतानु
फ़रीदा जितु तनि बिरहु न ऊपजै सो तनु जाणु मसान ॥36॥

(सुलतानु-राजा, मसाण-श्मशान।)

विरह की रट सभी लगाते है, लेकिन उसका वर्णन साधारण अनुभूति के रूप में करते हैं, जबकि यह अनुभूति शिरोमणि है तथा बादशाह की तरह सम्माननीय है। जिस तन (व्यक्ति) में विरह का संचार नहीं होता, वह श्मशान के समान है। उसमें जीवन का अभाव है।

फ़रीदा ए विसु गंदला धरीआँ खंडु लिवाड़ि
इकि राहेदे रहि गए इकि राधी गए उजाड़ि ॥37॥

(गंदला-सरसों की बालियाँ, जिनकी सब्ज़ी बहुत लोकप्रिय है, लिवाड़ि-लपेटकर, राहेदे-बीजते, राधी-बीजी।)

फ़रीद जी के अनुसार, यह संसार विष लिपटे साग के समान है, किन्तु ऊपर से मीठा होने के कारण जीव इस विषैले साग का सेवन करते रह जाते हैं। कुछ जीव

इस विषैली खेती को करने में ही अपना सारा जीवन लगा देते हैं तथा कुछ ऐसे भी हैं जो इस विषैली तैयार खेती को उजाड़ कर चले जाते हैं अर्थात् विरक्त हो जाते हैं।

फ़रीदा चारि गवाइआ हंढ़ि कै चारि गवाइआ संमि
लेखा रबु मंगेसीआ तू आँहो केहरे कंमि ॥38॥

(चारि-चार पहर, हंढ़ि कै-खा-हंढ़ा के, थक-चूर हो कर, संमि-सोकर, मंगेसीआ-मांगेगा, आँहो-आए थे, केहर-किस, कंमि-काम के लिए।)

इस श्लोक में फ़रीद जी सम्पूर्ण जीवन को एक दिवस-रात्रि में ढाल कर उपमित करते हैं, ऐ जीव, तुमने चार पहर (दिन) तो घूम-फिर कर या सांसारिक कार्य-कलाप में आनन्दित होकर, फिर चार पहर उस आनन्द में डूबकर थक-हार कर, जर्जरित होकर गँवा दिये, शेष समय सो कर गँवा दिया। लेकिन मृत्युपरान्त परमात्मा जब तुमसे इस सम्बन्धी हिसाब माँगेगा कि तुम्हें इस संसार में कार्य करने के लिए भेजा गया था और तुम क्या कार्य करते रहे तो तुम्हारे पास क्या जबाव होगा देने के लिए?

फ़रीदा दर दरवाज़ै जाई कै किउ डिठो घडीआलु
एहु निदोसां मारीऐ हम दोसाँ दा किआ हालु ॥39॥

(निदोस-निर्दोष, दोसाँ-दोषियों।)

बड़े फ़ाटक या चौक पर लगे घड़िआल को हम अकसर देखते हैं, हर घंटे या पहर बाद उस पर चोट लगायी जाती है। बिना किसी दोष के, इस निर्दोष को हर पहर पीटा जाता है, हम जैसे दोषों से युक्त जीवों का क्या हाल होगा? अर्थात् जीवों को अपने दोषों का विश्लेषण कर, उनका निवारण करने के लिए प्रयत्नशील होना चाहिये।

घड़ीए घड़ीए मारीऐ पहरी लहै सजाइ
सो हेड़ा घड़ीआल जिउ डुखी रैणि विहाइ ॥40॥

(पहरी-प्रत्येक पहर के बाद, लहै-लेता है, पाता है, हेड़ा-हियरा, हृदय, दुखी-दुखों में, विहाइ-जीवन रूपी रात बिता देता है।)

मानव-जीवन घड़ियाल के समान है जो निरन्तर चोट खाता रहता है। मानव-जीवन की सच्चाई ही यह है कि वह अनवरत दुख-चिन्ता में व्यतीत होता है। शरीर की स्थिति इसी घड़ियाल की भाँति है, इसकी आयु रूपी रात्रि भी दुखों में ही व्यतीत होती है।

बुढ़ा हुआ सेख फ़रीदु कंबणि लगी देह
जे सउ वरिआ जीवणा भी तनु होसी खेह ॥41॥

(कंबणि-काँपने, वरिआ-वर्षों, भी-अनिवार्यत, खेह-मिट्टी)

हे फ़रीद, जब मनुष्य वृद्ध होता है तो उसका शरीर काँपने लगता है, जर्जरित हो जाता है। यदि जीवन की अवधि सौ वर्ष ही क्यों न हो, अंततः उसे मिट्टी में ही मिल जाना होता है। अर्थात् मनुष्य के जीवन में मृत्यु अवश्यंभावी है, निश्चित है। कितने भी वर्षों तक जी लो, आखिर तो मर कर मिट्टी में ही समा जाना है।

फ़रीदा बारि पराइऐ बैसणा साँइ मुझै न देहि
जे तू ऐवे रखसी जीउ सरीरहु लेहि ॥42॥

(बारि-द्वार, बैसणा-बैठना, ऐवें-इसी प्रकार, रखसी-रखेगा।)

फ़रीद जी प्रभु से इल्तिज़ा करते है, ऐ प्रभु, मुझे किसी पराये द्वार का याचक न बना। ऐसी नियति मेरे भाग्य में मत लिख। यदि तू मुझे इसी प्रकार, किसी पराये पर अश्रित करना चाहता है तो मेरे शरीर से प्राणों को अलग कर ले। अर्थात् जीते-जी किसी दूसरे पर आश्रित हो कर या किसी की शरण में याचक बन कर जीने से मौत ही भली है।

कंधि कुहाड़ा सिरि घड़ा वणि कै सरु लोहारु
फ़रीदा हउ लोड़ी सहु आपणा तू लोड़हि अंगिआर ॥43॥

(कंधि-कंधा, कै-अथवा, सरु-वन में या सरोवरों में, लोड़ि-ढूँढ़ता हूँ, सह-शौहर, पति।)

मनुष्य एक लोहार के समान है, जिसके कंधे पर कुल्हाड़ा है और सिर पर घड़ा भी है। वह कुल्हाड़े से वृक्ष भी काट सकता है और सरोवर पर जा कर घड़े में पानी भी भर सकता है। घड़े में पानी भरने से किसी की प्यास शाँत की जा सकती है, किसी का भला किया जा सकता है जबकि कुल्हाड़े से वन काट कर सिर्फ नुक़्सान ही किया जा सकता है। ऐ जीव, यह निश्चय तुझे स्वयं ही करना होगा कि तू अपने जीवन में किस प्रकार के कार्य करने को अहमियत देता है, क्योंकि तेरे कर्मों से ही तेरे परलोक का मार्ग निश्चित होता है।

फ़रीदा इकनां आटा अगला इकना नाही लोणु
अगै गए सिंञापसण चोटाँ खासी कउणु ॥44॥

(इकनां-कई एक, अगला-बहुत ज्यादा, लोणु-नमक के बराबर, बहुत कम, सिंञापसण-पहचान जाएँगे, खासी-खाएँगे।)

फ़रीद जी कहते है, कुछ लोगों के पास सम्पन्नता रूपी आटा पर्याप्त है और कई ऐसे है जिनके पास नमक के बराबर अर्थात् अपनी ज़रूरत से भी कहीं कम है। वास्तविक स्थिति का ज्ञान प्रभु के घर जाने पर ही होगा। शोषक तथा शोषित,

दोनों ही उसके दरबार में पहचाने जाएँगे, उसी के अनुरूप दण्ड मिलेगा।

पासि दमामे छतु सिरि भेरी सडो रड
जाइ सुते जीराण महि थीए अतीमा गड ॥45॥

(पासि-दायें-बायें, दमामे-नगाड़े, छतु-छत्र, भेरी-ढोल, दुंदुभी, सडो-शब्द, गूँज, गए। रड़-भाट, चारण, जीराण-कब्रिस्तान अतीम-यतीम, अनाथ, गड-गाड़े गए।)

जिन सम्पन्न लोगों के द्वारे पर नगाड़े बजते थे, सिर पर छत्र झूलते थे और भट जिनकी कीर्ति गाते थे, अंततः वे भी कब्रों में जा कर सो गये और आज अनाथों की तरह धरती में गड़े हुए हैं अर्थात् मौत के आगे सम्पन्नता या धन-दौलत भी महत्वहीन है।

फ़रीदा कोठे मंडप माड़ीआ उसारेदे भी गए
कूड़ा सउदा करि गए गोरि आइ पए ॥46॥

(मंडप-माड़ीआ-भव्य प्रासाद, ऊँची इमारतें, उसारेदे-तामीर करते, कूड़ा सउदा-झूठा सौदा, गोरि-कब्र में।)

वे सम्पन्न लोग जिन्होंने ऊँची-ऊँची इमारतें बनवाई थी और सोचते थे कि सदा के लिए उनके रहने की जगह बन गयी है, उन्हें भी आखिरकार इस संसार से जाना ही पड़ा। वास्तव में वह संसार में मिथ्या व्यापार करते रहे, अंततः कब्रों में दफ़ना दिये गये।

फ़रीदा खिंथड़ि मेखा अगलीआ जिंदु न काई मेख
बारी आपो आपणी चले मसाइक सेख ॥47॥

(खिंथड़ि-फ़कीर की गूदड़ी, मेखा-टाँके, अगलीआ-बहुत-सी, जिंद-जान, प्राण, मसाइक-शेख़ लोग।)

फ़रीद जी के अनुसार, गूदड़ी फट जाये तो सीने के लिए उसमें बहुत सारे टाँके लगाने पड़ते हैं अर्थात् परमात्मा ने शरीर रूपी खिंथा (कफनी) को बनाये रखने के लिए बहुत-सी नाड़ियों के टाँके लगाए हुए है, किन्तु यदि प्राण छूटने लगे तो कोई भी नाड़ी या टाँका काम नहीं आता। प्राणों की अपेक्षा गूदड़ी अधिक सुरक्षित और पक्की प्रतीत होती है। अपनी बारी आने पर शेख और मुर्शिद भी इस संसार से विदा होने लगते हैं। फट रही गूदड़ी को टाँके लगाकर फिर भी कुछ और दिन पहनने योग्य बनाया जा सकता है, परन्तु प्राणों को यह सुविधा भी प्राप्त नहीं।

फ़रीदा दुहु दीवी बलंदिआ मलकु बहिठा आइ
गड़ु लीता घटु लुटिया दीवड़े गइआ बुझाइ ॥48॥

(दुहु दीवी-आँखों के समान दीए, बलंदिआ-जलते हुए, मलकु-मलिकुल मौत, अज़राईल-मृत्युदूत, बहिठा-बैठा, गड्डु-गढ़, किला, शरीर रूपी, घटु-जीवात्मा, लटिआ-लूट लिया, दीवड़े-ज्योति, प्रकाशमयी आत्मा।)

दोनों नेत्रों के दीपक जलते रहने पर भी यमराज आकर बैठ गया है। उसने शरीर रूपी किले पर अधिकार करके किले के अन्दर की वस्तुओं अर्थात् प्राणों तथा अन्तर्तात्मा को लूट लिया। जाते-जाते दोनों दीपक भी बुझा गया अर्थात् शरीर प्राणविहीन कर गया। इस श्लोक में भी मौत की निश्चिन्तता को बताया गया है।

फ़रीदा वेखु कपाहै जि थीआ जि सिरि थीआ तिलाह
कमादै अरु कागदै कुनने को इलिआह
मंदे अमल करेदिआ एह सजाइ तिनाह ॥49॥

(कपाहै-कपास, थीआ-हुआ, कमादै-ईख, गन्ने की खेती, तिलाह-तिलों को, कगादै-काग़ज़, कुन्ने-हंडिया, कोइलिआह-कोयलों के साथ, मंदे अमल-कुकर्म।)

फ़रीद जी के अनुसार, देखो कपास का क्या हाल हुआ अर्थात् वह धुनी गई, तिलों पर भी मुसीबत आयी, उन्हें कोल्हू में कुचला गया ईख बेलने में कुचली गयी और कागज़ को जलाया और गलाया गया। उनकी क्या दश हुई। कुन्ने (हंडिया) आग पर तपती रही और कोयले जलते रहे अर्थात् सभी को कष्ट सहना पड़ता है, सभी की दशा मुसीबत भरी है। इसी प्रकार की दुर्दशा उन लोगों की होगी जो कुकृत्य या बुरे कर्म करते है।

फ़रीदा कंवनि मुसला सूफु गलि दिलि काती गुड़ु वाति
बाहरि दिसै चानणा दिलि अंधिआरी राति ॥50॥

(कंनि-कंधों पर, मुसला-मुसल्ला, नमाज़ पढ़ने के लिए चटाई, सूफ-कफ़नी, काती-कर्तरी, कैंची, वाति-मुँह, दिसै-दिखाई देता है, चानणा-प्रकाश।)

इस श्लोक में फ़रीद जी धार्मिक पाखंडियों पर व्यंग्य कसते हुए कहते हैं कि उनके कंधे पर चटाई और गले में सूफ़ियाना ऊनी कफ़नी है। मुँह में गुड़ है अर्थात् मीठा बोलते है, परन्तु दिल में ईर्ष्या-द्वेष की धुरी या कैंची है। ऐसे लोगों के चेहरों पर बाहरी तौर से नूर झलकता है, किन्तु हृदय में रात की स्याही भरी होती है।

फ़रीदा रती रतु न निकलै जे तनु चीरै कोइ
जो तन रते रब सिउ तिन तिन रतु न होई ॥51॥

(रती-रत्ती, थोड़ा-सा भी, रतु-रक्त, लहू, रते-अनुरक्त।)

जो खुदा से मुहब्बत करते हैं, यदि उनका शरीर चीरा जाए, तो उसमें से लहू

की एक बूँद तक नहीं निकेलगी, क्योंकि प्रभु के रंग में लीन होने के कारण उनका रक्त विरहाग्नि में जल जाता है या वह अपना सब कुछ प्रभु को समर्पित कर चुके होते हैं। इसलिए प्रभु-भक्ति के अलावा उनके पास कुछ नहीं होता।

महला 3

इहु तनु सभो रतु है रतु विनु तन्नु न होइ
जो सह रते आपणे तितु तनि लोभु रतु न होइ।
भै पइऐ तनु खीणु होइ लोभु रतु विचहु जाइ
जिउ बैसं तरि धातु सुधु होई ॥
तिउ हिर का भउ दुरमति मैल गवाइ
नानक ते जन सोहणे जि रते हरि रंगुलाइ ॥52॥

(रते-प्रीतम में रंगे हुए, रतु-रत्ती भर, खीणु-कमज़ोर, बैसंतरि-अग्नि, भउ-भाव, भक्ति, दुरमति-बुरी मति, मैली बुद्धि, सुधु-शुद्ध।)

यह श्लोक फ़रीद जी के 51 (श्लोक) पर गुरु अमरदास द्वारा प्रकट किया गया अभिमत है:

उनके अनुसार, यह शरीर लहू का ही बना हुआ है। रक्त या लहू के बिना शरीर सम्भव ही नहीं। जो अपने प्रिय-प्रियतम के प्रेम में रंगे होते है, उनमें लोभ रूपी लहू नहीं क्योंकि वे शोषक नहीं हो सकते, वे निर्बल लोगों का खून नहीं पी सकते। परमात्मा के भय में रहने के कारण उनका शरीर क्षीण होता जाता है, अन्दर से लोभ का तत्त्व जाता रहता है। जैसे अग्नि धातु को शुद्ध, खोट-रहित तथा मैल रहित कर देती है, वैसे ही हरि का भय दुर्मति रूपी मलिनता को साफ़ कर देता है। तृतीय नानक, गुरु अमरदास कहते हैं, वे भक्तजन सुन्दर हैं जो हरि-रंग में मस्त हैं।

फ़रीदा सोई सरवरू ढूँढि लहु जिथहु लभी वथु
छपड़ि ढूँढै किआ होवे चिकड़ि डूबै हथु ॥53॥

(जियहु-जहाँ से, लभी-प्राप्त हो, वथु-वस्तु, छपड़ि-जौहड़, चिकड़ि-कीचड़।)

उस गहरे और निर्मल सरोवर की तलाश करो जहाँ से तुम्हें कोई बहुमूल्य रत्न अर्थात् प्रभु का नाम हाथ लगे। उथले जोहड़ में हाथ डुबोने से कीचड़ ही हाथ लगेगा। अर्थात् स्वछात्मा सज्जन लोगों की संगति में बहुमूल्य तथा अमूल्य ज्ञान की प्राप्ति होती है जबकि सांसारिक कुसंगति रूपी जोहड़ में हाथ डालने से लोभ-मोह रूपी कीचड़ से हाथ सने जाते है।

फ़रीदा नंढ़ी कंतु न राविओ बड्डी थी मुईआसु
धन कूकेंदी गोर में तै सह ना मिलीआसु ॥54॥

(नंढ़ी-जवान, राविआ-रिझाया, वड्डी-बड़ी, थी-होकर, मुईआस-मर गयी, धन-स्त्री, कूकेंदी-गुहार लगाती, गोर-कब्र, सह-शौहर, पति।)

जवानी के समय जब जीवात्मा (स्त्री) के पास सुअवसर था, उसने अपने पति (प्रभु) को रिझाया नहीं। वृद्धावस्था में क्षीण होकर वह मर गयी। अब क़ब्र में पहुँच कर वह चीख रही है, गुहार लगा रही है कि वह परमात्मा रूपी प्रियतम को पा न सकी। अर्थात् जीवित रहते प्रभु भक्ति में न डूबने पर मरने के बाद क़ब्र में भी शाँति नहीं मिलती।

फ़रीदा सिरु पलिआ, दाड़ी पली, मुच्छाँ भी पलीआं
रे मन गहिले बावले माणहि किआ रलीआँ ॥55॥

(पलिआ-पक गया, सफेद बाल आने लगे, मुच्छाँ-मूँछें, गहिले-गाफ़िल, मूर्ख, माणहि-आनन्द लेना, रलीआँ-रंगरेलियाँ।)

फ़रीद जी के अनुसार, वृद्धावस्था आ गई है, क्योंकि सिर के बाल पक गये, दाढ़ी और मूँछों का रंग भी बदल गया है। ऐ मूर्ख जीव, तू अभी भी रंगरेलियों में खोया हुआ है। अर्थात् अब तो अपनी उम्र का ध्यान कर विषय-वासनाओं का त्याग कर प्रभु में चित्त लगाओ।

फ़रीदा कोले धुकणु केतड़ा पिर नीदड़ी निवारि
जो दिह लधे गाणवे गए विलाड़ि विलाड़ि ॥56॥

(कोले-कोयेले, धुकणु-दौड़ाना, उछलना-कूदना, केतड़ा-कितनी देर, पिर नीदड़ी-प्रिय के जागते हुए सो जाना, निवारि-दूर कर, दिह-दिन, गाणवे-गिनती के, थोड़े से, विलाड़ि-व्यर्थ, यों ही, लधे-मिले हैं।)

फ़रीद जी के अनुसार, कोयलों या पत्थरों पर कब तक उछल-कूद कर दौड़ा-भागा जा सकता है, अर्थात् जीवन मकान की छत की भाँति सीमित है। जीवात्मा को अपने प्रिय का ध्यान करते हुए अपनी उपेक्षा रूपी नींद का त्याग कर देना चाहिये। तुझे गिनती के दिन ही मिले हैं और वह तेरी नासमझी के कारण सांसारिक लीलाओं में बीतते जा रहे हैं।

फ़रीद कोठे मंडप माडीआ एतु ना लाए चितु
मिट्टी पई अतोलवी कोइ न होसी मितु ॥57॥

(मंडप-महल, माडीआँ-हवेलियाँ, एतु-इनमें, अतोलवी-जिसे तोला नहीं जा सकता, मितु-मित्र।)

ऐ जीव, कोठो, महलों, हवेलियों में इतना दिल न लगाओ। ये तो मिट्टी के रूप हैं, जिसे तोला नहीं जा सकता। मरने के बाद मिट्टी की बनी इन

इमारतों-हवेलियों में से कोई भी साथ नहीं देगा। इनमें कोई भी तुम्हारा मित्र नहीं।

फरीदा मंडप मालु न लाइ मरग सताणी चिति धरि
साई जाइ सम्ालि जिथै ही तउ वंझणा ॥58॥

(मंडप-महल, मालु-धन, संपत्ति, मगर-मृत्यु, सताणी-बलवती, जाइ-जगह, संभाल-संभालना, स्मरण कर, जिथै-जहाँ, वंझणा-जाना।)

इस श्लोक में भी फ़रीद जी जीवों को सांसारिक मोह-माया को त्याग कर मौत को याद रखने पर बल देते है उनके अनुसार, धन-संपत्ति एंव महलों-मंडपों मैं मन को न लगाओ, कष्ट पहुँचाने वाली मृत्यु को सदैव याद रखो और उस जगह परलोक को भी याद रखो, जहाँ अंततः सभी को जाना है।

फ़रीदा जिनी कंमि नाहि गुण ते कंमड़े विसारि
मतु सरमिंदा थी वही साँई दें दरबारि ॥59॥

(कंमि-कामों में, कंमड़े-काम-धंधे।)

जिन कर्मो से जीवात्मा को किसी भी गुण की प्राप्ति नहीं होती, उन कामों का त्याग कर देना चाहिए। कहीं ऐसा न हो कि प्रभु के दरबार में तुम्हें इन निकृष्ट कर्मों के लिए लज्जित होना पड़े।

फ़रीदा साहिब की करि चाकरी दिल ही लाहि भराँदि
दरवेसाँ नो लोड़ीऐ रुखाँ दी जीराँदि ॥60॥

(चाकरी-सेवकी, नौकरी, भराँदि-भ्राँति, लोड़ीए-चाहिए, रुखाँ दी जीरांदि-वृक्ष जैसा हौंसला, सहनशीलता।)

फ़रीद जी के अनुसार, मन के भ्रमों तथा भ्राँतियों का निवारण कर सदा परमात्मा रूपी स्वामी की सेवा-सुश्रुषा में मन को लगाओ। दरवेशों में वृक्षों जैसी दृढ़ता तथा सहनशीलता होनी चाहिए।

फ़रीद काले मैडे कपड़े काला मैडा वेसु
गुनही भरिआ मैं फिरा लोकु कहै दरवेसु ॥61॥

(मैडे-मेरे, गुनही-गुनाहों से, पापाचार से, दरवेसु-फ़कीर, साधु-संत।)

फ़रीद जी के अनुसार, मेरे कपड़े काले हैं, मेरा वेष भी काला है अर्थात् पाखंड भरा है। मैं गुनाहों से, पापाचार से भरा फिरता हूँ, फिर भी लोग मुझे सूफ़ी दरवेश कहते हैं। अर्थात् फ़कीरों को देख कर लोगों में श्रद्धा भाव उत्पन्न होता है, लेकिन मैं इस योग्य नहीं कि दरवेश कहला सकूँ।

तत्ती तोइ न पलवें जे जलि टुबी देइ
फ़रीदा जो डोहागणि रब दी झूरेदी झूरेइ ॥62॥

(तत्ती-तोई-गर्म पानी, पलवै-पल्लवित होता, फलता-फूलता, टुबी-डुबकी, गोता, डोहगनि-दुहागिन, परित्यक्ता, झुरेदी-झुरती, पछताती ही रहती है, निरन्तर दुखी रहती है।)

जिस प्रकार एक बार कुम्हलाई या जली हुई खेती दोबारा नहीं खिलती, चाहे उसे गर्म पानी से या अत्याधिक पानी में ही क्यों न डुबा दिया जाये, उसी प्रकार परमात्मा से विमुख हुई जीवात्मा, (स्त्री) सदैव वियोग-दुख से पीड़ित रहती है और झूरती-बिसूरती हुई को लाख यत्न करने पर भी दोबारा संयोग सुख नहीं मिलता।

जाँ कुआरीं त चाउ वीवाही ताँ मामले
फ़रीदा एहो पछोताउ वति कुआरी न थीऐ ॥63॥

(चाउ-चाव, वीवाही-ब्याही हुई, मामले-मुआमले, उलझनें, वति-लौटकर, फिर से, थीऐ-हो सकती।)

जब तक कोई कन्या कुवाँरी होती है तो उसके मन में विवाह का चाव बना रहता है, मगर विवाहोपरांत सैकड़ों प्रकार के झंझट खड़े हो जाते हैं। फिर उसे पश्चात्ताप होता है और वह सोचती है कि क्या वह फिर से कुवाँरी कन्या नहीं बन सकती। अर्थात् मनुष्य का मूल अस्तित्व बहुत स्वच्छ है। जीवात्मा प्रभु-प्रति से मिलने का चाव रख कर ही जन्म लेती है। परन्तु सांसारिक अस्वच्छता में फँस कर वह फिर से अपनी आदि स्वच्छता को प्राप्त नहीं कर पाती। इसके अभाव में उसे प्रभु के घर में उचित आदर-सत्कार नहीं मिलता। अंततः वह पुनः जीवन प्राप्त कर अपेक्षित गुणों को अर्जित करना चाहती है जो सम्भव नहीं हो पाता।

कलर केरी छपड़ी आइ उलथे हंझ
चिंजू बोड़नि ना पीवहि उडण संदी डंझ ॥64॥

(कलर-ऊसर, छपड़ी-जौहड़, तलैया, उलथे-उतरे हैं, हंझ-हंस, शुद्धात्मा, संतजन, चिंजू-चोंच, बोड़नि-डुबोते हैं, ना पीवहि-नहीं पीते, संदी-की, डंझ-प्यास।)

यह संसार ऊसर-परती धरती है यहाँ उथले पानी की छोटी-सी तलैया है। इसके किनारे हंस अर्थात् संत आये हैं, किन्तु वे इस के मलिन पानी में चोंच को नहीं डुबाते अर्थात् वे सांसारिक विषय-वासनाओं से विरक्त रहते हैं। उनके मन में सदा यही इच्छा (प्यास) बलवती होती है कि वह शीघ्र इस संसार से कूच कर जायें।

हंसु उडरि कोध्रै पइआ लोकु विडारनि जाइ
गहिला लोकु न जाणदा हंसु न कोध्रा खाइ ॥65॥

(उडरि-उड़कर, कोध्रा-कदन्न, घटिया अनाज, विडा॰नि जाई-उड़ाने का यत्न करते है, गहिला-गाफ़िल, मूर्ख।)

एक उड़ता हुआ हंस यदि कोधरे के खेत में जा कर बैठता है, तो लोग उसे उड़ाने के लिए जाते हैं। मूर्ख लोग यह नहीं जानते कि हंस घटिया अनाज नहीं खाता। अर्थात् संत रूपी हंस संसार में अवतरित होते हैं, परन्तु कभी भी संसारिक पदार्थों में लिप्त नहीं होते। वह संसार में अपनी इच्छा के विरुद्ध किसी खास उद्देश्य या अन्य लोगों का उद्धार करने के लिए भेजे जाते हैं। संसार के प्रति अपना कर्त्तव्य निबाहते हुए भी संत संसार की विषय-वासनाओं में नहीं पड़ते।

चलि चलि गईआँ पंखीआँ जिनी वसाए तल
फ़रीदा सरू भरिआ भी चलसी थके कवल इकल ॥66॥

(पंखीआ-पक्षी, तल-तालाब, सरू भरिआ-भरा हुआ सरोवर, थके-उदास , थके-से।)

जिस प्रकार धरती पर अदृश्य-से पक्षी आते हैं, यहाँ आकर तालाब को रौनक से भर देते हैं, फिर लौट जाते है। संसार में रहने वाले सारे ही जीवों को बारी-बारी से चले जाना है। यह संसार (सरोवर) भी अंततः नष्ट हो जायेगा, केवल सरोवर में उत्पन्न संत रूपी कमल ही अकेले स्थिर रहेंगे। शेष उदास, थके से मुरझाए हुए कंवल रह जायेंगे। अर्थात् अदृश्य से आने वाले मनुष्य पुनः अदृश्य में विलीन हो जाते है। नगर बसते और उजड़ जाते है। शेष रह जाते हैं बसने और उजड़ने के चिन्हों के रूप में कुछ स्मारक या खण्डहर।

फ़रीदा इट सिराणे भुइ सवणु कीड़ा लड़िओ मासि
केतड़िआ जुग वापरे इक्तु पइआ पासि ॥67॥

(सिराणे-सिरहाने, तकिया, भुइ सवणु-जमीन पर सोना, केतड़िआ-कितने ही, जुग-कितने ही युग, पासि-करवट।)

बाबा फ़रीद के अनुसार, क़ब्र में दफ़न व्यक्ति बहुत निरीह मालूम होता है। कितने ही युग बीत गये। दफ़नाया हुआ मृत व्यक्ति एक ही करवट लेटा रहता है। सिर के नीचे तकिए की जगह ईंट है, पलंग की बजाय वह धरती पर सो रहा है। कीड़े उसके मांस को खा रहे होंगे। इस्लामी अक़ीदे के मुताबिक, व्यक्ति कयामत (महाप्रलय) तक कितने युगों तक क़ब्र में लेटा रहता है।

फ़रीदा भन्नी घड़ी सवन्नवी टूटी नागर लजु
अज़राईलु फ़रेसता कै घरि नाठी अजु ॥68॥

(घड़ी-शरीर रूपी घड़ा, भन्नी-फूट गई, सुवन्नवी-सुंदर रंग वाली, लजु-डोरी, नाठी-पाहुना।)

फ़रीद जी के अनुसार, शरीर रूपी सुन्दर घड़ा टूट गया है। साँसों की डोरी टूट गयी है। कुएँ से पानी निकालने वाली डोरी भी टूट गयी है, प्राणरूपी जल बह गया है। आज अज़राईल (मौत का फ़रिश्ता) किसके घर का अतिथि हो कर आने वाला है? अर्थात् इस संसार से चले जाने के मेले में अज़राईल रोज़ ही किसी-न-किसी घर में अतिथि बन कर आता है।

फ़रीदा भन्नी घड़ी सवन्नवी टूटी नागर लजु
जो सजण भुइ भारु थे से किउ आवहि अजु ॥69॥

(भुइ भारु-भूमि पर नामविहीन लोग भार या बोझ ही थे।)

यदि कोई रंगीन मटकी अर्थात् सुन्दर देह फूट जाये, किसी के प्राणों की शृंखला टूट गयी है। लोकाचार के नाते किसी परिचित व्यक्ति की मृत्यु पर दुख महसूस करना और सोगवारी में शामिल होना सांस्कृतिक कर्त्तव्य है। यदि मित्र समझे जाने वाले लोग शोकातुर परिवार को सान्त्वना देने के लिए न आयें, वह लोग धरती पर भार समान हैं। उनसे किसी भी प्रकार की संवेदना की अपेक्षा कैसे की जा सकती है?

फ़रीदा बेनिवाजा कुतिया एह न भली रीति
कब ही चलि न आइआ पंजे वखत मसीति ॥70॥

(बेनिवाज-नमाज़ न पढ़ने वाला, पंजे वखत-पाँचों वक्त नमाज़ पढ़ना।)

फ़रीद जी स्वयं सूफ़ी फ़कीर थे और शरीयत के पाबन्द थे। पाँचों वक्त नमाज़ पढ़ते थे। नमाज़ न पढ़ने वालों को वह धिक्कारते हुए कहते हैं कि बे-नमाज़ी कुत्ते, यह भली रीति नहीं हैं। पाँच समय की नमाज़ अदा करने के लिए कभी मस्जिद में नहीं आया।

उठु फ़रीदा उजू साजि सुबह निवाज गुजारि
जो सिरु साँई ना निवै सो सिरु कपि उतारि ॥71॥

(उजु-वुज़ू, नमाज़ पढ़ने से पहले पंच स्नान, सुबह निवाज़-नमाज़-ए-सुबह, कपि-काटकर।)

फ़रीद जी स्वयं से सम्बोधित हो कर कहते हैं, ऐ फ़रीद, उठ वजू कर, हाथ-मुँह धोकर सुबह की नमाज़ अदा कर। जो सिर अपने स्वामी के सामने नहीं झुकता, उसे काट कर फेंक देना चाहिए।

जो सिरु साई न निवै सो सिरु कीजै काँइ
कुन्ने हेठि जलाईऐ बालण संदै थाई ॥72॥

(निवै-झुकता, काँइ-क्या, कुन्ने-हांडी, हेठि-नीचे, बालण-ईंधन, सदै-की, थई-जगह।)

जो सिर स्वामी के सामने झुकता नहीं, नमाज़ अदा नहीं करता, उस अभिमानी सिर का क्या किया जा सकता है? उसे तो ईंधन की जगह हंडिया के नीचे जला देना चाहिये।

फ़रीदा किथै तैडे मापिआ जिनी तू जणिओहि
तै पासहु ओइ लदि गए तूं अजै न पतीणोहि ॥73॥

तैड़ै-तेरे, मापिआ माता-पिता, जिन्हीं-जिन्होंने, जणिओहि जन्म दिया, लदि गए, चले गए, अजै-अभी, अजै-अभी, पतीणेहि-प्रतीति हुई।

बाबा फ़रीद के अनुसार, याद कर, तुझे जिन माता-पिता ने जन्म दिया, वह अब कहाँ हैं? वे तुझसे बहुत दूर चले गए हैं। तुझे अभी भी इसी कि प्रतीति नहीं हुई कि तुझे भी एक दिन इस दुनिया से चले जाना होगा। यह संसार नश्वर है, अंततः सभी ने चले जाना है।

फ़रीदा मनु मैदानु करि टोए टिबे लाहि
अगै मूलि न आवसी दोजक संदी भहि ॥74॥

(मैदान-समतल, टोए-गड्ढे, करि-दोज़ख की आग, लाहि-उतार दे, मूलि न-बिलकुल नहीं, आवसी-आयेगी, संदी-की, भाहि-आग।)

ऐ जीव, मन रूपी धरती के संकल्प-विकल्प रूपी ऊँची-नीची अवस्था को दूर करके उसे समतल कर लो। अर्थात् मन को एकसमान अवस्था में रखो और इसकी सारी जटिलताओं को दूर कर लो। ऐसा करने से मन सरल हो जायेगा और मरणोपरांत तुम्हें नरकाग्नि (दोज़ख) का सामना नहीं करना पड़ेगा।

॥ महला 5 ॥

फ़रीदा खालकु खलक महि खलक वसै रब माहि
मंदा किस नो आखीऐ जाँ तिसु बिनु कोई नाहि ॥75॥

(खालकु-रब, परमात्मा, खलक-ख़लकत, प्राणी, मंदा-बुरा-भला।)

यह श्लोक फ़रीद जी के 74 (श्लोक) के कथन पर पाँचवें गुरु अर्जुनदेव द्वारा प्रगट किया गया अभिमत है। उनके अनुसार, ऐ फ़रीद, सृष्टि परमात्मा में और परमात्मा सृष्टि में समाया हुआ है। जब सभी में और सभी ओर परमात्मा ही सर्वव्यापक है, उसके बिना अन्य कोई भी नहीं, तो फ़िर बुरा किसे कहा जाये?

फ़रीदा दिहि नाला कपिआ जे गलु कपहि चुख
पवनि न इती मामले सहाँ न इती दुख ॥76॥

(नाला-नाड़ू, नाभिनाल, कपहि-काटा गया, चुख-थोड़ा-सा, परनि-पड़ते, मामलें-उलझनें।)

जीवन की दुखमयी स्थिति से उबरने के लिए फ़रीद जी का मत है कि मनुष्य को इस जीवन से ही मुक्ति मिल जानी चाहिए। उनके अनुसार, जब धाय ने मेरी नाभिनाल (पोषक नालिका) काटी थी, यदि उसी समय वह मेरा गला भी काट देती तो न मुझे इतनी उलझनों का सामना करना पड़ता और न ही इतने दुख सहने पड़ते।

चबण चलण रतन्न से सुणीअर बहि गए
हेड़े मुत्ती धाह से जानि चलि गए ॥77॥

(चबण-चबाने वाले दाँत, चलण-चलने वाली आँखें, रतन्न-आँखें, सुणीअर-सुननेवाले कान, हेड़े-हृदय, मुत्ती-छोड़ी, धाह-दहाड़, जानी-प्रिया।)

वृद्धावस्था का वर्णन करते हुए फ़रीद जी कहते हैं, बुढ़ापे में शरीर के सभी अंग दाँत, टाँगें, आँखें और कान थक-हार कर बेकार हो गए हैं, निशक्त हो गये। हृदय इस अशक्त स्थिति को देखकर दहाड़ें मार कर रोने लगा, प्राणों से पहले ही प्रिय मित्रों ने साथ छोड़ दिया।

फ़रीदा बुरे दा भला करि गुसा मन न हंढ़ाइ
देही रोगु न लगई पलै सभु किछु पाइ ॥78॥

(गुसा-गुस्सा, हंढ़ाइ-गुस्सा न कर, देही-देह, शरीर।)

जो तेरे साथ बुरा करता है, ऐ जीव, तू उसके साथ बदले में बुरा न कर, अपितु उसके बुरा करने पर क्रोधित न हो। ऐसा करने से तेरे शरीर को कोई रोग या दुख पकड़ नहीं पायेगा और तुझे सभी पदार्थों या सुखों की प्राप्ति होगी।

फ़रीदा पंखु पराहुणी दुनी सुहावा बागु
नउबति वजी सुबह सिउ चलण का करि साजु ॥79॥

(पंख-पक्षी, जीवात्मा, पराहुणी-अतिथि, मेहमान, दुनी-दुनिया, नउबति-नगाड़ा।)

यह दुनिया सुन्दर बाग की भाँति है और जीव रूपी पक्षी इसमें मेहमान की तरह आते हैं। इसमें प्राण-प्रखेरू एक अतिथि की तरह है। जीवन की रात्रि व्यतीत हो गयी प्रातःकालीन नगाड़ा बज उठा। पाहुने या अतिथि को सावधान किया जा रहा है कि उठ और चलने के लिए तैयार हो जा।

फ़रीदा राति कथूरी वंडीऐ सुतिआ मिलै न भाउ
जिन्हा नैण नींद्रावले तिन्हा मिलणु कुआए ॥80॥

(कथूरी-कस्तूरी, भाउ-भाग, हिस्सा, नीद्रावले-नींद वाले, कुआए-कैसा।)

ऐ फ़रीद, आयु की रात्रि में भगवान के सान्निध्य रूपी कस्तूरी बाँटी जाती है। निंद्राप्रिय अर्थात् मोह-माया में रत जीव इस अमूल्य निधि से वंचित रह जाते है। जो मोहवश निद्रा में आलस में रहते हैं, उन्हें उनका हिस्सा नहीं मिल पाता अर्थात् उन्हें प्रभु का सान्निध्य कैसे प्राप्त हो सकता है?

फ़रीदा मैं जानिआ दुखु मुझ कू दुखु सबाइऐ जगि।
ऊचे चड़ि के देखिआ ताँ घरि-घरि एहा अगि ॥81॥

(सबाइऐ-सभी को, चड़ि के-चढ़ कर।)

ऐ फ़रीद, तू तो यही समझता था कि इस संसार में केवल तुझे ही दुख है, किन्तु दुख तो समस्त संसार में फैला हुआ है। इस लोकदुख की अनुभुति मुझे उस समय हुई, जब मैंने अपने स्व से ऊपर उठ कर देखा तो मालूम हुआ कि प्रत्येक घर में दुख की अग्नि जल रही है।

॥ महला 5 ॥

फ़रीदा भूमि रंगावली मंझि विसूला बाग
जो जन पीरि निवाजिआ तिन्ना अंच न लाग ॥82॥

(विसूला-विषैला, निवाजिआ-कृपा, छाया में है, उंच-आंच, आग का सेंक।)

यह श्लोक फ़रीद जी के श्लोक (81) पर गुरु अर्जुनदेव जी की टिप्पणी है। उनके अनुसार, ऐ फ़रीद, यह धरती बड़ी सुन्दर, सुहानी तथा मोहक है, परन्तु इसमें विषय-वासनाओं के विषैले बगीचे लगे हुए हैं। जिन भक्तों पर प्रभु की कृपा होती है, उन्हें संसार के विष की आँच छू नहीं पाती।

॥ महला 5 ॥

फ़रीदा उमर सुहावड़ी संगि सुवन्नड़ी देह
विरले केई पेईअनि जिन्ना पिआरे नेह ॥83॥

(सुहावड़ी-सुख-भरी, सुवन्नड़ी-सुन्दर रंगोंवाली, केई-कोई व्यक्ति।)

यह श्लोक(82) का ही विस्तार है। ऐ फ़रीद, मनुष्य का यह जीवन और सुन्दर स्वस्थ शरीर, दोनों ही बहुत सुन्दर है। इस शरीर का मिलना दुर्लभ प्राप्ति है, किसी विरले को ही यह प्राप्त होता है, जिनका प्रभु से प्यार होता है। अर्थात् जीवन का असल सुख भोगते हुए भी वह भक्त निर्विकार रह सकते हैं।

कंधी वहण न ढाहि तउ भी लेखा देवणा
जिधरि रब रजाई वहणु तिदाऊ गंउ करे ॥84॥

(कंधी-किनारे, वहण-प्रवाह, भी-तो भी, देवणा-हिसाब चुकता करना, ढाहिं-गिरा, रज़ाइ-रज़ा, तिदाऊ-उधर, गंउ-गमन।)

हे नदिया की धारा, स्वेच्छाचारी न बन, किनारों को मत तोड़ अर्थात् अपने नज़दीकी लोगों को कोई हानि न पहुँचा। आखिर तुम्हें भी आगे हिसाब-किताब देना पड़ेगा। जलधारा को नदी में और जीवात्मा को संसार में प्रभु की रज़ा (इच्छा) अनुरूप ही रहना चाहिये। उसे उसी मार्ग को अपनाना चाहिये, जिधर जाने का मार्ग परमात्मा ने नियमित कर रखा है। अर्थात् मनुष्य (जीवात्मा) को ईश्वरीय मर्यादा के अन्दर ही रहना चाहिये। स्वेच्छा से मर्यादा को भंग नहीं करना चाहिये। ईश्वर द्वारा निर्धारित सीमाओं का अतिक्रमण नहीं करना चाहिये।

फ़रीदा डुखा सेती दिहु गइआ सूलाँ सेती राति
खड़ा पुकारे पातणी बेड़ा कपर वाति

(दुखा-दुख (बहुवचन), दिहु-दिन, पातणी-मल्लाह, कपर वाति-भंवर के मुँह में।)

फ़रीद जी के अनुसार, दिन दुखों में और रात्रि शूल चुभने-सी पीड़ा में व्यतीत होती है अर्थात् जीवन दुखों में बीत रहा है। किनारे पर खड़ा गुरु रूपी मल्लाह पुकार रहा है, उपदेश दे रहा है कि तुम्हारी जीवन नैया भयानक तूफानी लहरों (भंवर) अर्थात् विषय-वासनाओं में फँस गयी है। यह किसी समय भी डूब सकती है, इसे प्रभु-नाम से बचा लो।

लम्मी लम्मी नदी वहै कंधी केरै हेति
बेड़े नो कपरु किआ करे जे पातण रहै सुचेति ॥86॥

(लम्मी-लम्बी, कंधी-किनारे, केरै-गिराने, कपरु-भंवर, पातण-मल्लाह)

नदी, जीवन-प्रवाह की भाँति लम्बे राहों से गुज़रती है। दुखों के बहाव के बल पर वह बहुत से किनारों को गिराती जाती है। किनारों के गिरने से नदी में भंवर उठते हैं और नैया डगमगाने लगती है। किन्तु यदि मल्लाह अर्थात् गुरु सावधान है तो जीवन-नैया का कुछ नहीं बिगड़ता। अर्थात् जीवन में तो अनेक अप्रत्याशित संकट आते हैं, परन्तु गुरु के मार्गदर्शन तथा आश्रय में दुख-भरे संसार में भी जीवन अवधि शाँति से व्यतीत होती है।

फ़रीदा गली सु सजण वही इकु ढूँढेदी न लहाँ
धुखाँ जिउ माँलीह कारणि तिन्ना मा पिरी ॥87॥

(गलीं-बातो-बातों में, सजण-मित्र, वीह-बीसियों, ढूँढेदी-ढूँढ़ने पर, लहाँ-प्राप्त करूँ, धुखा-सुलगना, माँलीह-सूखे गोबर का चूरा, पिरी-प्रिय।)

इस दुनिया में बातों-बातों में मित्रता जताने तथा सहानुभूति दिखाने वाले बीसियों सज्जन मिलते हैं, किन्तु इनमें से वास्तविक मित्र ढूँढने से भी नहीं मिलता। उन सज्जन-मित्रों के न मिल सकने के कारण मैं उपलों के चूर्ण (माँलीह) की भाँति धधक रहा हूँ, धीरे-धीरे निरन्तर सुलग रहा हूँ किन्तु वह मुझे प्राप्त नहीं हो रहा।

फ़रीदा इहु तनु भउकणा नित नित दुखीऐ कउणु
कन्नी बुजे दे रहाँ किती वगे पउणु ॥88॥

(भउकणा-भौंकनेवाला, बुजे-कान बन्द करने के लिए ठूँसी रुई, किवी-कितनी ही।)

फ़रीद जी के अनुसार, यह शरीर अब भौंकने वाला बन गया है अर्थात् व्यर्थ की माँगें करने लगा है। अतः इस की माँगों से, व्यर्थ की बकवास से बचने के लिए मैंने अपने कानों में रूई दे दी है। इसकी माँगों से दुखी होने की बजाय मैंने विरक्ति धारण कर ली है। अब यह कितना ही पुकारता रहे मैं सुनता नहीं अर्थात् निर्विकार रहता हूँ।

फ़रीदा रब खजूरी पकीआँ माखिअ नई वंहनि
जो जो वंञे डीहड़ा सो उमर हथ पवंनि ॥89॥

(माखिअ-शहद, नई-नदी, वंहनि-बह रही है, वंञे-व्यतीत हो रहा है, डीहड़ा-दिन, पवंनि-लुट रहा है।)

फ़रीद जी परमात्मा की दी हुई नियामतों में मस्त रहने वाले लोगों की ओर संकेत करते हुए कहते हैं, भौतिक पदार्थ अर्थात् पकी हुई खजूरें या शहद की नदियाँ, मीठी लगने वाली चीज़ें हैं। किन्तु इन पदार्थों की मिठास में डूबे रहने से आयु की अवधि कम होती जा रही है, क्योंकि जीवन अस्थिर है और प्रत्येक व्यतीत होता दिन आयु को घटाता जाता है। इसलिए ऐ जीव, अब तो सावधान हो जा। सांसारिक मस्ती में ही उम्र बीतती और घटती जाती है, कुछ तो प्रभु का नाम ले ले।

फ़रीदा तनु सुका पिंजरु थीआ तलीआँ खूंडहि काग।
अजै सु रबु न बाहुड़िओ देखु बंदे के भाग ॥90॥

(पिंजरु-अस्थि पंजर, थीआ-हो गया, खूडहि-कचोट रहे हैं बाहुड़िओ-पहुँचा।)

ऐ फ़रीद, यह शरीर सूख कर पिंजर हो गया है। अभी भी वासनाओं रूपी कौए पैरों के तलवों को चोंच मार कर कचोट रहे हैं, किन्तु अभी भी उस की रक्षा करने वाला परमात्मा उसे लेने नहीं आया। अर्थात् कर्मों के बिना साधना भी व्यर्थ हो जाती है।

कागा करंग ढढोलिआ सगला खाइआ मासु
ए दुइ नैना मति छुहउ पिर देखन की आस ॥91॥

(ढढोलिआ-ढूँढ लिया, सगला-सारा, आस-आशा, उम्मीद।)

साधना में रत और शरीर के अस्थि पंजर हो जाने के बावजूद प्रभु भक्त की अपने प्रिय से मिलने की आस टूटती नहीं। इसलिए वह उन कौओं से विनती करता है कि भला ही वह मेरा सारा मांस खा जाए। लेकिन मेरे इन दोनों नेत्रों को न खाना, क्योंकि अभी भी मुझे प्रतीक्षा है कि मेरे प्रिय मुझे अवश्य दर्शन देंगे।

कागा चूंड़ि न पिंजरा बसै त उडरि जाहि
जितु पिंजरै मेरा सहु वसै मासु न तिदू खाहि ॥92॥

(चूंड़ि न-मत चिंचोड़, बसै-बसना, पिंजरा-अस्थि पंजर, सहु-शैहर, तिदू-उसका।)

ऐ कौए, मेरे शरीर के पिंजर में चोंच मत मार, इसे चिंचोड़ कर मत खा। तू यहाँ से उड़ जा, क्योंकि इस शरीर में मेरा प्रिय पति रहता है, उसका मांस ना खा।

फ़रीदा गोर निमाणी सडु करे निधरिआ घरि आउ
सरपर मैथे आवणा मरणहु न डरिआहु ॥93॥

(गोर-कब्र, निमाणी-बेचारी, सडु-आवाज़, पुकार, निधरिआ-बेघर इंसान, सरपर-अंततः, मैथे-मेरे पास।)

ऐ फ़रीद, बेचारी क़ब्र पुकारती है कि बेघर इन्सान अपने स्थायी घर (क़ब्र) में चला आ। कितना भी रुके, अंततः तुझे मेरे ही पास आना है। मौत अश्वयम्भावी है और अन्त् में स्थायी निवास क़ब्र ही है।

ऐनी लोइणी देखदिआ केती चली गई
फ़रीदा लोकाँ आपो आपणी मैं आपणी पई ॥94॥

(ऐनी-इन, लोइणी-आँखें, केती-कितनी।)

इन आँखों के देखते-देखते कितने लोग मर गये, काल कवलित हो गये। सभी को अपनी मौत का भय सता रहा है। मुझे भी अपनी मौत की चिन्ता है। अर्थात् मैं जिस उद्देश्य से इस धरती पर आया था, प्रभु-नाम से जुड़ना चाहता था, वह अभी भी पूरा नहीं हुआ और मौत निकट आती प्रतीत होने लगी है, इसलिए मुझे अपनी पड़ी है अर्थात् मेरी आध्यात्मिक प्राप्ति तो अभी हुई ही नहीं।

आपु सवारहि मैं मिलहि मैं मिलिआ सुखु होई
फ़रीदा जे तूं मेरा होई रहहि सभु जगु तेरा होई ॥95॥

(सवारहि-संवारने में, सभु-सारा, रहहि-रहा।)

इस श्लोक में परमात्मा की ओर से सम्बोधन करते हुए बाबा फ़रीद कहते हैं, ऐ फ़रीद, यदि तुम अपने आप को सुधार लोगे तो मुझे मिलने में आसानी होगी, मुझे

मिलने पर तुम्हें सुख की प्राप्ति होगी। तू मेरा हो जायेगा अर्थात् अपने आप को समर्पित कर देगा तो यह सारा संसार ही तेरा हो जायेगा।

कंधी उतै रुखड़ा किचरकु बन्नै धीरु
फ़रीदा कचै भांडै रखीऐ किचरु ताई नीरु ॥96॥

(कंधी-नदी-तट, रुखड़ा-वृक्ष, किचरकु-कब तक, बन्नै-बाँधे रखे, धीर-धैर्य, भांडै-बर्तन में, किचर-कितनी देर, ताई-तक।)

मनुष्य का जीवन क्षणभंगुर है, अस्थायी है। इसलिए फ़रीद जी कहते हैं कि, नदी-तट का वृक्ष कब तक धीर धरेगा। मनुष्य भी ऐसा ही उगा एक वृक्ष है, वह कब तक धैर्य रख सकेगा? उसका अधीर होना स्वाभाविक है। इसी प्रकार मिट्टी के कच्चे बर्तन में कब तक जल संग्रह किया जा सकता है? मनुष्य का शरीर भी कच्चे मिट्टी के बर्तन समान है, बर्तन टूट ही जायेगा और पानी बह जायेगा। मृत्यु अटल है, अनिवार्य है।

फ़रीदा महल निसरवण रहि गए वासा आइआ तलि
गोराँ से निमाणीआ बहसनि रुहाँ मलि
आखीं सेखा बंदगी
चलणु अजु कि कलि ॥97॥

(निसरवण-खाली, वासा-निवास, तलि-धरती के नीचे, गोराँ-कब्रें, निमाणीआ-बेचारी, रुहाँ-आत्माएँ, आखीं-कहना, बंदगी-भक्ति, समर्पण, चलण-मृत्यु।)

मृत्यु के कारण उनमें रहने वालों के महल एकदम सूने और खाली हो गये। महलों से जाने वालों को धरती के नीचे क़ब्रों में स्थान मिला। उन बेचारी क़ब्रों पर मृत व्यक्तियों की आत्माओं का स्वामित्व हो गया है। ऐ फ़रीद, इस स्थिति को स्वीकार करके प्रभु की आराधना में लग जा, क्योंकि आज या कल तुम्हें भी मृत्यु के साथ जाना ही होगा।

फ़रीदा मउतै दा बन्ना एवै दिसै जिउ दरीआवै ढाहा
अगै दोजकु तपिआ सुणीऐ हूल पवै काहाहा
इक्ना नो सभ सोझी आई फिरदे बेपरवाहा
अमल जि कीतिआ दुनी विचि से दरगह ओगाहा ॥98॥

(बन्ना-दिशा, ओर, ढाहा-दहने की प्रक्रिया, दोजकु-दोज़ख, हूल-कोलाहल, शोर, काहाहा-हाहाकार, इकना-कई एक, अमल-कर्म, दरगाह-अगले जहान में जाना, ओगाहा-गवाह।)

ऐ फ़रीद, मृत्यु का बाँध ऐसा है, जैसे नदी का कटा हुआ किनारा जो कभी

भी नदी में गिर सकता है इसी प्रकार विषय-विकारों में पड़े जीवों के गिरने के लिए नर्क की तप्त अग्नि है, जिसमें पापियों का हाहाकार सुनायी देता है। कुछ लोगों को इस तथ्य की समझ आ गई है कि मृत्यु अवश्यम्भावी है और दुष्कृत्यों का दण्ड... अनिवार्यतः मिलकर रहेगा, परन्तु कुछ अभी भी बेपरवाह फिरते हैं। असल में परमात्मा के दरबार में संसार में किये गये कर्म ही हमारे भले-बुरे के गवाह होते हैं उन्हीं की गवाही के आधार पर ही मनुष्य दंडित अथवा पुरस्कृत होंगे।

फ़रीदा दरीआवै कन्नै बगुला बैठ केल करे
केल करेदे हंझ नो अंचिते बाज पए
बाज पए तिसु रब दे केलाँ विसरीआँ
जो मनि चिति न चेते सनि सो गाली रब कीआँ ॥99॥

(कन्नै-किनारे, केल-किलोल, केलि, हंझ-बगुला(हंस जैसा सफेद) नो-को, अंचिते-अप्रत्याशित-अचानक, विसरीआँ-भूल गई, गाली-बातें।)

नदी किनारे पर बैठ बगुला आत्म-प्रसन्न हो कर छोटे-छोटे खेल, खेल रहा है, जैसे मनुष्य संसार में क्रीड़ा करता है। क्रीड़ा करते हंस को अचानक मौत रूपी बाज़ दबोच लेता है। इसी प्रकार परमात्मा की इच्छा से मनुष्य को अचानक ही आकर मौत आकर दबोच लेती है, जिससे वह सारी लीलाएँ और खेल भूल जाते हैं और सब कुछ बीच में ही छूट जाता है। परमात्मा के कार्यों को समझना कठिन है जो मनुष्य के ध्यान में नहीं होता, अचानक वही घट जाता है।

साढ़े त्रै मण देहुरी चलै पाणी अंनि
आइओ बंदा दुनी विचि वति आसूणी बंनि
मलकल मउत जाँ आवसी सभ दरवाज़े भंनि
तिना पिआरिआ भाईयाँ अगै दिता बंनि
वेखहु बंदा चलिआ चहु जणिआ दे कंनि
फ़रीदा अमल जि कीते दुनी विचि दरगह आए कंमि ॥100॥

(चलैपाणी अंनि-पानी और अन्न के आश्रय पर चलती है, देहुरी-देह, शरीर, वति-वस्तु, आसूणी-आशावाली, मलकुल मौत-मौत का फ़रिश्ता, अज़राईल, भंनि-तोड़कर, बंनि-बांधकर, चहुजणिआ वार-वार जने, कंनि-कंधों पर, अमल-कर्म, दुनी-दुनिया, दरगाह-परमात्मा का दरबार।)

मनुष्य का साढ़े तीन मन का शरीर अन्न-पानी के सहारे चलता है। मनुष्य दुनिया में अनेक प्रकार की आशाओं को लेकर आता है, परन्तु आशाएँ पूरी होने से पहले ही मौत का फ़रिश्ता सारे द्वार तोड़ कर आ जाता है और फिर मनुष्य के प्रिय

भाई और बन्धु ही उस आगे भेजने के लिए अर्थी पर बाँध कब्रिस्तान या श्मशान ले जाते है। ऐ फ़रीद, देख, वह मनुष्य चार साथियों के कन्धों पर जा रहा है। दुनिया में उसने जो शुभ कर्म किये थे, परमात्मा के दरबार में काम आएँगे।

फ़रीदा हउ बलिहारी तिन् पंखीआ जंगलि जिन्ना वासु
ककरु चुगनि थलि वसनि रब न छोड़नि पासु ॥101॥

(बलिहारी-कुर्बान, ककरु-कंकड़, पत्थर, थल-मरुभूमि, पासु-संगत।)

ऐ फ़रीदा, मैं उन पक्षियों पर कुर्बान हूँ जो जंगलों में रहते है, मरुस्थलों में रहकर चाहे कंकर चुगते है, फिर भी परमात्मा का आश्रय नहीं छोड़ते और उस पर आस लगाए अपने विश्वास को हाथ से नहीं जाने देते अर्थात् प्रमात्मा के सहारे रहने वालों को कोई अभाव नहीं खलता।

फ़रीदा रुति फिरी वणु कंबिआ पतझड़े झड़ि पाहि
चारे कुंडा ढूंढीआँ रहणु किथऊ नाहि ॥102॥

(रुति-ऋतु, वणु-वन, कुंडा-चारों दिशाएँ।)

फ़रीद जी के अनुसार, ऋतुओं में सदा परिवर्तन होता रहता है। आयु रूपी ऋतु में परिवर्तन आने से शरीर रूपी पेड़ काँपने लगा और केश रूपी पत्ते झड़ने लगे हैं। मैंने चारों दिशाओं को खोजकर देख लिया, इस ऋतु परिवर्तन के प्रभाव से कोई भी भूखंड खाली नहीं हैं। मनुष्य को कहीं पर भी स्थायी ठिकाना नहीं मिल सकता, यह संसार नश्वर है।

फ़रीदा पाड़ि पटोला धज करी कंबलड़ी पहिरेउ
जिनी वेसी सहु मिलै सेई वेस करेउ ॥103॥

(पटोला-रेशमी वस्त्र, पाड़ि-फाड़कर, धज करी-टुकड़े-टुकड़े कर दूँ, कंबलड़ी-छोटा-सा कम्बल, वेसी-वेष, सहु-शौहर सेई-वही।)

फ़रीद जी कहते है कि मैं रेशमी कपड़े को फाड़कर धज्जियाँ कर दूँ और उसकी जगह सूफ़ी दरवेश की तरह कम्बल ओढ़ लूं। मैं प्रत्येक वह वेष अपनाने को तैयार हूँ, जिसमें परमात्मा के मिलने की सम्भावना हो।

॥ महला 3 ॥

काइ पटोला पाड़ती कंबलड़ी पहिरेई
नानक घर ही बैठिआ सहु मिलै जे नीअति रासि करेई ॥104॥

(निअति रासि-सच्ची लगन, करेइ-प्रभु से।)

यह श्लोक तीसरे नानक गुरु अमरदास द्वारा फ़रीद जी के श्लोक (102) पर

की गई टिप्पणी है गुरु जी कहते हैं, ऐ सखी, प्रभु-मिलन के लिए रेशमी वस्त्र को फाड़कर धज्जियाँ करने की जरूरत है? कफ़नी या कम्बल भी क्यों ओढ़ते हो? दुनिया छोड़कर तारिक (त्यागी) क्यों होते हो? यदि तुम्हारी नीयत ठीक हो, मन पवित्र हो तो घर बैठे ही प्रभुरूपी पति-प्रियतम आकर मिलते हैं।

॥ महला 5 ॥

फ़रीदा गरबु जिना वडिआईआ धनि जोबनि आगाह
खाली चले धणी सिउ टिबे जिउ मीहाहु ॥105॥

(वडिआईआ-बड़प्पन, आगाह-अगाध, अत्यधिक, धणी-पति, टिबे-टीले, सिउ-प्रभु से, मीहाहु-वर्षा।)

यह श्लोक गुरु अर्जुनदेव जी द्वारा रचित है, जो फ़रीद जी के श्लोक (103) पर प्रकट किया गया अभिमत है ऐ फ़रीद, प्रतिष्ठा, धन, यौवन आदि गर्वीले प्रभु पतिविहीन ही संसार से चले जाते हैं। जिस प्रकार अतिवृष्टि में भी टीले पानी भरने से वंचित रह जाते हैं, क्योंकि टीलों पर पानी रूकता नहीं, इधर-उधर बह जाता है। इसी प्रकार अहंकारी व्यक्तियों के लिए प्रभु-प्राप्ति सम्भव नहीं।

फ़रीदा तिना मुख डरावणे जिना विसारिओनु नाउ
ऐथै दुख घणेरिआ अगै ठउर न ठाउ ॥106॥

(विसारिओनु-भूल जाने वाले, धणेरिआ-धने-अधिक ठउर-ठिकाना, आश्रय।)

फ़रीद जी कहते हैं, जो जीव हरि-नाम को भुला देते हैं, उनके मुख बहुत भंयकर दिखाई देते हैं अर्थात् वे मुँह लगने योग्य नहीं रह जाते। वे इहलोक में तो अनेक दुख सहन करते ही हैं, परलोक में भी उन्हें कोई ठौर-ठिकाना नहीं मिलता। अर्थात् परमात्मा से दूर हुए व्यक्ति लोक और परलोक, दोनों ही लोकों में भटकते तथा तिरस्कृत होते हैं।

फ़रीदा पिछल राति न जागिओहि जीवदड़ो मुइओहि
जे तै रबु विसारिआ त रबि न विसरिओहि ॥107॥

(पिछल रात-रात का आखिरी पहर, जीवदड़ो-जीते-जी मुइओहि-मर गए हो।)

प्रभु-सिमरन के लिए रात के पिछले या आखिरी पहर को विशेष तौर पर उपयुक्त माना गया है। प्रभु भक्त अमृत वेला में उठकर प्रभु का स्मरण करते हैं। इसी संदर्भ में शेख फ़रीद कहते हैं, यदि तू रात के पिछले पहर में भी सोया रहा है तो तू जीते-जी भी मृत व्यक्ति के समान है। तू बेखबर है, तूने परमात्मा को भुला दिया है, परन्तु प्रभु बेखबर नहीं, वह मेरे सारे कर्मों को निरन्तर देख रहा है।

॥ महला 5 ॥

फ़रीदा कंतु रंगावला वडा वेमुहताजु
अलह सेती रतिआ एहु सचावाँ साजु ॥108॥

(कंतु-पति, प्रिय, प्रभु, रंगावला-रंगीला, बेमुहताजु-जो किसी पर निर्भर नहीं, रतिआ-अनुरक्त, सचावाँ-सच्चा, साजु-शृंगार।)

पंचम नानक गुरु अर्जुनदेव ने चार पद (108-111) श्लोक फ़रीद जी के नाम को समर्पित किए हैं। वह बाबा फ़रीद से सम्बोधित हो कर कहते हैं, ऐ फ़रीद, परमात्मा रूपी पति बड़ा ही सुन्दर, रसिक तथा स्वाश्रित है। उसको प्राप्त करने के लिए वास्तविक शृंगार परमात्मा में ही प्रेमपूर्वक लीन हो जाना है। यही जीवात्मा (पत्नी) का शृंगार है।

॥ महला 5 ॥

फ़रीदा दुखु सुखु इकु करि दिल ते लाहि विकार
अलह भावै सो भला, तां लभी दरबार ॥109॥

(भावै-भाता है, अच्छा लगता है, विकार-बुरे विचार, लभी-मिलेगा।)

ऐ फ़रीद, दुख-सुख दोनों को एक समान समझो। यह ईश्वर द्वारा संचालित है। इन्हें भिन्न समझना मन की विकृति है। मन के इन विकारों को दूर कर दो। परमात्मा की इच्छा को सर्वोपरि मान लेना ही मानव के हित में तथा सुखदायक है। जब यह भावना मन में समा जायेगी तो प्रभु-दरबार में सम्मान मिल सकता है।

॥ महला 5 ॥

फ़रीदा दुनी वजाई वजदी तूं भी वजहि नालि
सोई जीउ न वजदा जिसु अलहु करदा सार ॥110॥

(दुनी-दुनिया, वजाई-बजाई, नालि-नाथ, सार-खबरगीरी-ध्यान।)

ऐ मन, दुनिया वाद्य-यंत्र के समान है। जैसे इसे बजाया जाता है, वैसे ही यह बजता है। तुम भी इसी प्रकार बजते जाते हो अर्थात् यह संसार माया अनुसार बजता है। किन्तु जिसे परमात्मा का संरक्षण प्राप्त होता है, वह सच्चा जीव माया से अप्रभावित रहता है। जिस पर भगवान की कृपा हो जाये वह ख़बरगीरी रखता है।

॥ महला 5 ॥

फ़रीदा दिलु रता इसु दुनी सिउ दुनी न कितै कंमि
मिसल फ़कीराँ गाखड़ी सु पाइऐ पूर करंमि ॥111॥

(रत्ता-अनुरक्त, रमा हुआ, कितै-किसे, मिसल-तरह, समान, गाखड़ी-कठिन, पूर-पूर्ण, करंमि-कृपा, करम, सौभाग्य।)

ऐ फ़रीद, मनुष्य का हृदय इस दुनिया तथा इसके काम-धंधों में लिप्त है, जबकि यह दुनिया आध्यात्मिक दृष्टि से मनुष्य के काम की नहीं। फ़कीरों या साधकों वाला जीवन बड़ा कठिन है। यदि परमात्मा का परिपूर्ण अनुग्रह हो या व्यक्ति पूर्णतया सौभाग्यशाली हो तभी फ़कीरी जीवन प्राप्त होता है। उच्च कर्मों के परिणामस्वरूप तथा प्रभु की कृपा से ऐसा सम्भव होता है।

पहिलै पहरै फुलड़ा फलु भी पछा राति
जो जांगनि लहंनि से साई कन्नो दाति ॥112॥

(पहिरै-उम्र के आरम्भ में, फुलड़ा-फूल, लहनि-लेते हैं, कन्नों-से दाति-दान, प्रतिदान।)

फ़रीद जी के अनुसार, रात्रि के प्रथम पहर में की गयी प्रार्थना फूल के समान है और रात्रि के अन्तिम पहर या प्रभात वेला में की गई बन्दगी फल के समान है। जो साधक उस समय जागते और भक्ति करते हैं, वे ही परमात्मा को प्राप्त करते हैं।

दाती साहिब संदीआ किआ चलै तिसु नालि
इकि जागंदे ना लहनि् इकना सुतिआ देई उठालि ॥113॥

(दाती-दान में मिली वस्तुएँ, किआ चलै-उस पर ज़ोर नहीं चलता, लहनि्-प्राप्त नहीं कर सकते।)

यह श्लोक गुरु नानक द्वारा रचित है जो कि आदिग्रंथ के पृष्ठ 83 पर दर्ज़ है। किन्तु आदिग्रंथ के सम्पादक ने फ़रीद जी के श्लोक (112) के भाव को और भी स्पष्ट करने के लिए दिया है। इस श्लोक के अनुसार, दान की सभी वस्तुएँ प्रभु के हाथ है, उस पर किसी का अंकुश नहीं वह जिसे चाहे, उसे देता है, कुछ ऐसे जीव हैं, जो जागकर भी प्रभु की देन को नहीं पा सकते और कुछ जीवों को वह स्वयं जगा कर देता है। भगवान कृपालु है। किसी पर कृपा करे तो विषयों में रत जीवों को कभी भी स्वेच्छा से बदल डालता है।

ढूंढेदीए सुहाग कू तउ तनि काइ कोर
जिना नाउ सुहागणी तिना झाक न होर ॥114॥

(ढूंढेदीए-ढूँढनेवाली, तीन-तेरे तन में, कोर-त्रुटि, कमी, झाक-अपेक्षा, झांक।)

परमात्मा रूपी सुहाग की खोज करने वाली स्त्री (जीवात्मा), शायद तुममें ही कोई त्रुटि या अभाव है जिस कारण अभी तक प्रभु-पति की प्राप्ति नहीं हुई। सच्ची सुहागिनों को तो कभी भी किसी दूसरे की इच्छा नहीं होती और न ही वह अन्य किसी से कोई अपेक्षा रखती हैं अर्थात् वह तन-मन-प्राण से प्रभु-पति को समर्पित होती है।

सबर मंझ कमाण ए सबरु का नीहणों
सबर संदा बाणु खालकु खता न करी ॥115॥

(मंझ-हृदय के अन्दर, नीहणो-प्रत्यंचा, चिल्ला, खालकु-कर्त्ता, खता-ख़ता, खाली, करि-निकलने नहीं देता।)

फ़रीद जी के अनुसार, यदि मन में सन्तोष की कमान हो, उस पर सन्तोष का चिल्ला चढ़ाया गया हो और सन्तोष का ही तीर उस पर रखा जाए तो परमात्मा उस तीर को निशाने से चूकने नहीं देता।

सबर अंदरि साबरी तनु ऐवै जालेनि्
होनि नजीकि खुदाइ दै भेतु न किसै देनि ॥116॥

(साबरी-सन्तोषोन्मुख व्यक्ति का गुण, चरित्र, ऐवै-इस प्रकार, जालेनि-जलाते है, नजीकि-नज़दीक।)

सन्तोषी जीव सन्तोष में रहकर तन जलाते हैं अर्थात् कठोर तपस्या में जीवन व्यतीत करते हैं, क्योंकि जो जीव प्रभु की सामीप्य पा लेते हैं वे अपने कष्टसाध्य जीवन का भेद किसी को नहीं देते।

सबरू ऐहु सुआउ जे तूं बंदा दिड़ु करहि
वधि थीवहि दरीआउ टुटि न थीवहि वाहड़ा ॥117॥

(सुआउ-प्रयोजन, जीवनोद्देश्य, दिड़ु-दृढ़, वधि-बढ़कर, थीवहि-हो जाएगा, वाहड़ा-प्रवाह।)

हे मानव, सब्र जीवन का एकाग्र उद्देश्य है। यदि तू इसे दृढ़ता से अपना ले, इसे अपने हृदय में धारण कर ले तो श्रेष्ठता की नदी बन जायेगा। यदि सब्र की सीमा को तोड़ कर बाहर निकेलगा तो आवारा प्रवाह बन जायेगा। इस तरह ना टूट।

फ़रीदा दरवेसी गाखड़ी चोपड़ी प्रीति
इकनि किनै चालीऐ दरवेसावी रीति ॥118॥

(गाखड़ी-कठिन, चोपड़ी-चुपड़ी, दिखावटी, उथली, दरवेसावी-फ़कीरोंवाली।)

ऐ फ़रीद, साधना बड़ी कठिन है। दरवेशी बहुत कठिनाई से प्राप्त होती है। परन्तु मनुष्य की प्रीति चुपड़ी हुई अर्थात् दिखावटी है आडम्बरयुक्त है, इसलिए मनुष्य शीघ्र परमात्मा को नहीं पा सकता। कोई विरला जीव ही दरवेशी-मार्ग पर चल सकता है।

तनु तपै तनूर जिउ बालणु हड़ बलन्नि
पैरी थकाँ सिरि जुलाँ जे मूं पिरी मिलन्नि ॥119॥

(तनूर-तन्दूर, बालणु-ईंधन, बलन्नि-जले, जुलां-चलूं, मूं-मुझे, पिर-प्रिय, मिलन्नि-मिलें।)

मेरा शरीर भले ही तन्दूर की तरह तपे, मेरी हड्डियाँ भले ही ईंधन की तरह जलें। यदि पाँव थक जाएँ तो मैं सिर के बल भी चलने को तैयार हूँ। यदि इन यत्नों से ही मुझे प्रिय-प्रभु मिल जाएँ तो मैं यह सभी यत्न करने के लिए तैयार हूँ। अर्थात् यदि शारीरिक कष्टों से परमात्मा की प्राप्ति होती हो तो मैं तैयार हूँ जबकि परमात्मा सिर्फ इससे नहीं मिलता।

तनु न तपाई तनूर जिउ बालणु हड़ न बालि
सिरि पैरी किआ फेड़िआ अंदरि पिरी निहालि ॥120॥

(फ़ेड़िआ-बिगाड़ा, निहालि-निहारा।)

यह श्लोक गुरु नानक देव द्वारा रचित है जो फ़रीद के पूर्व श्लोक पर की गयी टिप्पणी है। ऐ जीव, शरीर को तन्दूर की तरह तपाने एवं हड्डियों का ईंधन करने का कोई लाभ नहीं। सिर-पैरों ने क्या बिगाड़ा है, शरीर के अंगों को दंडित करने से क्या फायदा? परमात्मा तुम्हारे भीतर है, इसे अपने अन्दर ही देख।

हउ ढूँढ़ेदी सजणा सजणु मैडे नालि
नानक अलखु न लखीऐ गुरमुखि देइ दिखालि ॥121॥

(ढूँढ़ेदी-ढूँढ़ना, खोजना, मैडे-मेरे, गुरुमुख-गुरुमार्ग पर चलनेवाला।)

यह श्लोक चतुर्थ गुरु रामदास जी द्वारा रचित है। चतुर्थ नानक के अनुसार, मैं (जीवात्मा-स्त्री) प्रभु-पति को बाहर खोज रही हूँ, किन्तु मेरा साजन तो मेरे साथ ही है। परमात्मा स्वयं अदृश्य है, किन्तु गुरु द्वारा दीक्षित कोई व्यक्ति उसके दर्शन करवा सकता है।

हंसा देखि तरंदिआ बगा आइआ चाउ
डुबि मुए बग बपुड़े सिरु तलि उपरि पाउ ॥122॥

(हंस-शुद्धात्मा, बगा-बगुला, पाउ-सिर से पैरों तक।)

यह श्लोक गुरु अमरदास जी का है। तृतीय नानक के अनुसार, हंसों को तैरते देख कर बगुले भी तैरने का चाव करते हैं, परन्तु बेचारे बगुले डूब जाते हैं। उनका सिर नीचे और पैर ऊपर हो गये अर्थात् हंस रूपी संतों को संसार-सागर में तैरता देखकर बगुले रूपी विषयी जनों को भी तैरने की सूझी। परन्तु वे माया-मोह के भँवरों में फँसकर डूब गये।

मैं जाणिआ वड हंसु है तां मैं कीता संगु
जे जाणा बगु बपुड़ा जनमि न भेड़ी अंगु ॥123॥

(वडहंस-राजहंस, जनमि-जन्म से, शुरु से ही, भेड़ी-स्पर्श न करती।)

यह श्लोक गुरु अमरदास जी का है। तृतीय नानक कहते हैं, वह मुझे परमहंस-सा प्रतीत हुआ। श्रेष्ठ साधक मान मैं उसके सम्पर्क में आ गया। यदि मुझे मालूम होता कि वह दम्भी बगुला है, साधु नहीं पाखंडी है तो कभी उसे अपने निकट आने और अंग स्पर्श न करने देता। अर्थात् दम्भी-पाखंडियों से सदा बच कर ही रहना चाहिये।

किआ हंसु किआ बगुला जा कउ नदरि धरे
जे तिसु भावै नानका कागहु हंसु करे ॥124॥

(कागहु-कौए, धरे-यदि कृपा हो जाये।)

इस श्लोक के रचयिता गुरु नानक देव जी हैं। उनके अनुसार हंस और बगुले परमात्मा के सामने एक समान हैं अर्थात् उसके लिए कोई भी व्यक्ति ऊँचा-नीचा नहीं। यदि प्रभु की कृपा हो जाये तो बगुला भी हंस हो सकता है। उसकी इच्छा हो तो वह कौवे अर्थात् असाधु को भी हंस बना देता है।

सरवर पंखी हेकड़ो फाहीवाल पचास
इह तनु लहरी गड़ थीआ सच तेरे पास ॥125॥

(हेकड़ो-एक ही, फाहीवाल-जाल बिछाने वाले, शिकारी, लहरी-लहरों में, गड़थीआ-फँस गया, उलझ गया।)

शेख़ फ़रीद के अनुसार, संसार रूपी सरोवर में जीव रूपी पक्षी अकेला ही है किन्तु उसे जाल में फँसाने वाले शिकारी पचासों है। यह शिकारी विषय-विकारमयी वृत्तियाँ हैं। मानव का शरीर आशाओं, लालसाओं में फँसा हुआ है। इससे बचने के लिए इस मानव को अब सत्य स्वरूप परमात्मा का ही आश्रय है। तू ही इसे उबार सकता है।

कवणु सु अखरु कवणु गुणु कवणु सु मणीआ मंतु
कवणु सु वेसो हउ करी जितु वसु आवै कंतु ॥126॥

(कवणु-कौन, मणीआ-मणि, मंतु-बढ़िया मंत्र, वेसो-वेष, वसु-वश।)

फ़रीद जी कहते हैं, ऐसा कौन-सा शब्द है, कैसा गुण है, कौन सा ऐसा मंत्र या वेष है जिसे पुकारने, अर्जित करने, जपने या बनाने से मेरा प्रभु रूपी पति मेरे वश में हो सकता है? अर्थात् जीवात्मा रूपी स्त्री अपने प्रिय को पाने के लिए कुछ भी करने को तत्पर है।

निवणु सु अखर खवण गुणु जिहबा मणीआ मंतु
ऐ त्रै भैणे वेस करि ताँ वासी आवी कंतु ॥127॥

(निवणु-नमन, खवण-क्षमा, त्रै-तीन।)

यह प्रश्न पूर्वोक्त श्लोक का उत्तर है क्योंकि उसमें एक प्रश्न पूछा गया है। ऐ जीव (स्त्री) यदि नम्रता का शब्द पुकारो, क्षमा का गुण अर्जित करो, मधुर वचन रूपी मंत्रों का उच्चारण करो, ये तीनों वेष बना लेने से परमात्मा रूपी पति वश में हो सकता है।

मत होदी होइ इआण। ताण होदे होइ निताणा ॥
अणहोदे आपु वंडाऐ। को ऐसा भगतु सदाऐ ॥128॥

(मति-मनीषा, होदी-होते हुए, ताण-त्राण, शक्ति, निताणा-शक्तिहीन, अणहोदे-कुछ न होते हुए, वंडाऐ-बाँट दे, को-कोई, सदाऐ-कहलाये।)

जो व्यक्ति बुद्धिवान होते हुए भी स्वयं को अजाना समझे, बल रहते हुए भी स्वयं को निर्बल बताते हुए, शक्तिहीन, नम्रता से आचरण करे और अपने हिस्से की वस्तुएँ दूसरों तथा ज़रूरतमंदों में बाँट दे—ऐसा ही कोई व्यक्ति भक्त कहलाने योग्य हो सकता है।

इकु फिका न गालाइ सभना मैं सचा धणी
हिआउ न कैही ठाहि, माण्क सभ अमोलवे ॥129॥

(फिका-फीका, गालाइ-बोल, सभना-सारी, धणी-मालिक, कैही-किसी का, हिआउ-हृदय, ठाहि-तोड़, माणक-मोती, अमोलवे-अमूल्य।)

बाबा फ़रीद कहते हैं, किसी को कभी फीका या कटु वचन न बोलो क्योंकि सभी में उस सच्चे स्वामी का निवास है। किसी के हृदय को न तोड़ो, न दुखी करो क्योंकि जीव एक बहुमूल्य रत्न है।

समना मन माणिक ठाहणु मूलि मचाँगवा
जे तउ पिरीआ दी सिक हिआउ न ठाहे कही दा ॥130॥

(समान-सभी का, ठाहुण-तोड़ना, मूलि-बिल्कुल, कहीदा-किसी का हिआउ-हृदय, पिरीआ-प्रिय, सिक-इच्छा, ठाहे-तोड़ना।)

ऐ जीव, सभी का हृदय मोती के समान अमूल्य है। इसे तोड़ना या दुखाना उचित नहीं। यदि तुम प्रिय परमात्मा को मिलना चाहते हो तो कभी किसी का दिल न दुखाओ, न तोड़ो।

गुरु ग्रंथेतर श्लोक

फ़रीदा इके तां सिक्कण सिक्क, इके तां पुच्छ सिकंदिआं
निहां पिच्छे ना मुक्क, जो सिक्कण सार न जानणी ॥1॥

(इके-या, अथवा, तां-तो, सिक्कण-सीख, सिक्क-इच्छा, किसी की प्राप्ति की चाहत करना, मुक्क-खत्म या समाप्त होना, सार-कदर, मूल्य, न जानणी-ना जानना।)

फ़रीद जी के अनुसार, ऐ मानुस यदि तू कुछ सीखना ही चाहता है तो प्रभु से प्रेम करना सीख या फिर जो लोग प्रभु से प्यार करते हैं, उनसे इस सिलसिले में पूछताछ कर। उन लोगों के पीछे न घूम, न ही उनका अनुसरण कर जिनको परमात्मा की कोई चाहत नहीं और न ही वह इस चाहत की कद्र करना जानते हैं।

फ़रीदा सिक्कां सिक सिंकदिआं, सिक्कें डीहें रात
मैडीआं सिक्कां सम पुजण, जों पिरिआ पाई ज्ञात ॥2॥

(सिक्कां-इच्छाएँ, डीह-दिन, सिंकदिआं-सीखते हुए, मैडीआं-मेरी, सम-सारी, पुजण-पूरी हो जाए, पहुँच जाए, पिरिआ-प्रिय, ज्ञात-दृष्टिपात, ज्ञानयोग्य)

इस श्लोक में फ़रीद जी स्वयं से सम्बोधित हो कर कहते हैं, संसारिक इच्छाओं के पीछे दिन-रात भागते हुए मेरी उम्र बीत गई। यदि प्रभु की मुझ पर कृपादृष्टि हो जाए और वह मुझे इस योग्य समझे तो मेरी सारी इच्छाएँ एक ही बार में पूरी हो जायेगी।

फ़रीदा जिन तन बिरहा ऊपजै, तिन तन कैसा भास
इत तन एह भी बहुत है हाड, चाम और मास ॥3॥

(बिरहा-वियोग, भास-दिखेगा, हाड-हड्डी, चाम-चमड़ी, मास-माशाभर।)

ऐ फ़रीद, जो लोग प्रभु से बिछड़ने का ग़म और वियोग महसूस करते हैं उनके तन (शरीर) देखने में सुन्दर नहीं रह जाते। अर्थात् विरह की पीड़ा तन को सूखा हुआ और मुरझाया देती है। लेकिन उससे क्या फ़र्क पड़ता है इतना ही काफ़ी है कि यह

तन हड्डी और चमड़ी से बना हुआ है, भले ही मांस रत्तीभर या माशा-भर ही हो। कहने का तात्पर्य है कि प्रभु से प्रेम कर, उस के वियोग में तड़पना कोई सरल कार्य नहीं है। इस कष्टदायक स्थिति में सिर्फ मन ही सुन्दर रह पाता है परन्तु तन अपने प्रिय के मिलन के वियोग में मुरझा जाता है।

फ़रीदा मैं तन औगुण एतड़े, जेते धरती कक्ख
तौ जेहा मैं ना लहां, मैं जेहीआं कई लक्ख ॥4॥

(औगुण-अवगुण, एतड़े-इतने सारे, जेते-जितने, कक्ख-तिनके, तौ जेहा-तेरे जैसा, लहां-प्राप्त करूँ लक्ख-लाख।)

मेरे शरीर में इतने अवगुण भरे हुए हैं जितने इस धरती पर तिनके हैं। परन्तु तेरे जैसा सर्वगुण सपन्न तो सिर्फ़ तू ही है, मेरे जैसे अवगुण से भरे लोगों की गिनती कई लाखों में है।

तन समुद मनसा लहर अरु तारु तरें अनेक
ते बिरही क्यों जीवते, जो आह न करते एक ॥5॥

(समुद-समुद्र, मनसा-मन में, तरे-तैरना, तारु-तैराक, आह-कराहना।)

यह शरीर समुन्द्र की भाँति है और मन में निरन्तर उठने वाली इच्छाएँ इस समुद्र की लहरों के समान हैं। कई लोग बहुत चतुराई से इन लहरों को कुशल तैराकों की तरह पार कर लेते हैं। परन्तु प्रभु की विरह में जीने वाले लोग इतने भोले-भाले होते हैं कि वह किसी प्रकार के दुख या आह को प्रकट नहीं करते। वह इसी प्रकार अपना जीवन जीते हैं। उन्हें इच्छाओं या कामनाओं रूपी लहरों में डूबने-उतरने की कला नहीं आती।

असां तुसाड़ी सज्जणो, अट्ठे पहर सम्हाल
डीहों वस्सो मने महिं रातीं सपने नाल ॥6॥

(असां-हमने, तुसाडी-तुम्हें या आपको, डीहों-दिन में, वस्सो-बसते, महिं-मेरे, नाल-साथ।)

फ़रीद जी के अनुसार, हे साजन, हम तुम्हें आठों पहर अपने संग महसूस करते हैं। दिन में तुम हमारे मन या हृदय में बसते हो और रात को स्वप्न में हमारे साथ होते हो। अर्थात् मनुष्य और परमात्मा का बन्धन अटूट है। सिर्फ़ इसे जानने और महसूस करने की आवश्यकता है।

प्रीतम तुम मत जाणिआ, तुम बिछरत हम चैन
दाधे बन की लाकड़ी, सुलगत हूँ दिन रैन ॥7॥

(जाणिआ-जानते, बिछरत-बिछड़े हुए, दाधे-दग्ध, सुलगत-सुलगना।)

हे प्रीतम! तुम यह मत समझो कि हम तुमसे बिछुड़ कर चैन से रह पाते हैं। हम तुम्हारे वियोग में वन की लकड़ी की भाँति जल रहे हैं, दिन-रात सुलगते हैं जिस कारण चैन नहीं मिलता।

विच्छोड़ा बुरियार, जित विछड़े तन दुब्बला
से माहूणू हैं, सियार विच्छड़ मेटे जो थींवण ॥8॥

(बुरियार-बुरा, दुब्बला-कमज़ोर, माहूणू-मनुष्य, हैंसियार-हिंस्रक, जालिम, थींवण-बने रहते है।)

परमात्मा से बिछुड़ना अत्यन्त बुरा है क्योंकि इससे आत्मा भी दुर्बल हो जाती है। दुर्बल आत्मा वाला मनुष्य अत्याचारी साबित होता है। परमात्मा से बिछुड़ी आत्मा मृतक समान होती है जो अस्तित्वहीन हो कर जीती है।

जो मूं लग्गा नेहु, तां मैं डुक्ख विहाजिया
झुरां हब्भो ही डीहं, कारण सच्चे मा पिरी ॥9॥

(मूं-मुझे, नेहु-प्यार, डुक्ख-दुख, झुंरा-बिसूरना, हब्भो-सभी, मा पिरी-मेरा प्रिय।)

जिस पल मुझे परमात्मा से प्यार का अनुभव हुआ, उसी पल मैंने दुख खरीद लिया। अर्थात् परमात्मा से प्यार करना दुख खरीदने के समान है क्योंकि फिर अपने प्रिय के वियोग में प्रतिदन बिसूरना और दुख झेलना पड़ता है।

फ़रीदा रह जो जंगल रुक्खड़े, हरियल पल तिन्हां
पोथा लिख्या अर्थ दा, एकस एकस मांह ॥10॥

(रुक्खड़े-वृक्ष, जत्त-पत्ते, तिन्हां-उनके।)

ऐ फ़रीद, जंगलों में खड़े वृक्षों के हरे-हरे पत्ते हैं। यह कुदरत द्वारा लिखे हुए ग्रंथ है। एक-एक पत्ते पर इस सृष्टि के गहन अर्थ लिखे हुए हैं। अर्थात् सारी कुदरत परमात्मा द्वारा रची गयी है। यदि परमात्मा से निकटता चाहते हो तो कुदरत, वृक्षों और उनके पत्तों से भी गूढ़ अर्थों को जाना जा सकता है।

फ़रीदा इके तां लोड़ मकद्दमी, इके तां अल्ला लोड़
दौह बेड़ी ना लत्त धर, वंजीं वक्ख़र बोड़ ॥11॥

(मकद्दमी-नम्बरदार, सांसारिक मुखिया, लोड़-ढूँढ़ लेना, दौह-दौ, वंजी-गंवा लेगा, वक्ख़र-सौदा, पूंजी।)

फ़रीद के अनुसार, मनुष्य को चाहिये या तो वह कोई ऐसा मुखिया ढूँढ ले जो उसे इस संसार से पार ले जाए या फिर वह अल्लाह को खोज ले। कभी भी दो

बेड़ियों में पैर नहीं रखना चाहिये नहीं तो मनुष्य के पास जो मानव-जीवन रूपी पूंजी है वह भी डूब जायेगी, व्यर्थ हो जायेगी। अर्थात् इस बहुमूल्य मानव जीवन को सांसारिक कार्यों में व्यर्थ न गंवा कर उसे आरम्भ से ही परमात्मा की राह पकड़ लेनी चाहिये।

फ़रीदा चुड़ैली स्यों रत्तिआ, दुनिया कूड़ा भेत
एहनीं अक्खीं वेखदिआं उज्जड़ वंजी खेत ॥12॥

(चुड़ैली-चुड़ैल, डायन, रत्तिआ-आसक्ति, कूड़ा-झूठा, एहनीं-इन, उज्जड़-उजाड़।)

फ़रीद के अनुसार, यह संसार चुड़ैल समान भयानक है और यह दुनिया झूठ का प्रसार है। इसलिए इनसे मोह तथा लगाव लगाने की आवश्यकता नहीं, क्योंकि तूं कभी भी इस झूठ का भेद नहीं जान सकेगा। तेरी आँखों के सामने ही यह दुनिया उजाड़ में बदलती नज़र आने लगेगी।

फ़रीदा तन रह्या मन फट्या ताकत रहो न काय
उठ पिरी, तबीब थीओं, कारी दारु लाय ॥13॥

(रह्या-रह गया, चुक गया, तबीब-हकीम, चिकित्सक, फ़ट्या-फट गया, कारी-कारगर, प्रभावशली, दारु-औषधि।)

ऐ फ़रीद, अब यह हालत है कि तन-शरीर हिम्मत हार गया है और मन भी पूर्ण नहीं रहा, अर्थात् तन-मन में कोई भी शक्ति या ताकत नहीं रह गयी। हे प्रिय, अब तो तेरे जैसा चिकित्सक ही मेरे तन-मन के रोग का इलाज करे तभी कोई दवा-दारू मुझ पर कारगर साबित हो सकती है। दुर्बल को सिर्फ़ परमात्मा के नाम का सहारा ही ऊपर उठा सकता है।

पैरी कंडे पन्धड़ा, सेती सुजाणा
भट्ठ हिंडोले दा पींघणा सेती अजाणा ॥14॥

(कंड़े-काँटे, पन्धड़ा-पथ, रास्ता, सेती-साथ, भट्ठ-भाड़, हिडोला-झूला, पालकी, पींघण-झूलना।)

यदि रास्ते पर साथ चलने वाला साथी ज्ञानवान हो तो काँटो भरा रास्ता भी आसानी से पार हो जाता है। लेकिन पालकी या झूले की सवारी के लालच में कभी भी किसी मूर्ख या अज्ञानी सहयात्री के साथ को स्वीकार नहीं कर लेना चाहिये। यह यात्रा नुकसानदेह ही साबित होती है। ऐसी यात्रा और सहयात्री भाड़ में ले जाने के समान प्रतीत होते हैं।

फ़रीदा मू तन औगुण एतड़े चम्मी अन्दरवार
हिक निरी ख्वारी थी रहे, जे डिस्सन बाहर वार ॥15॥

(औगुण-अवगुण, चम्मी-चमड़ी, हिक-इक, अन्य, ख्वारी-अनादर, डिस्सन-दिखायी देते हैं।)

फ़रीद के अनुसार, मनुष्य की चमड़ी के अन्दर अनगिनत अवगुण भरे होते है, जिन्हें वह दूर करने में असमर्थ होता है, परन्तु जब यही अवगुण बाहरी दुनिया में दिखाई देने लगते हैं तो उसकी बेइज्जती तथा अनादर का कारण बनते है। अर्थात् मनुष्य को अपने अवगुण अपने भीतर ही छुपा कर रखने चाहिये ताकि लोगों की नज़र में ना आ सकें, अन्यथा वही उसके दुख तथा अनादर का कारण बन जायेंगे।

फ़रीदा लहरी सायर खंहदीआं, भी सो हंस तरन्न
क्या तरन्न बग बप्पड़े, जो पहली लहर डुबन्न ॥16॥

(सायर-समुंद्र, सागर, खहदीआं-रगड़ते, बग-बगुले बप्पड़े-बेचारे।)

ऐ फ़रीद, समुद्र में लहरें एक-दूसरे से रगड़ खाती हैं। उन भयंकर थपेड़ों में भी हंस आसानी से तैरते रहते हैं। परन्तु बेचारे बगुले इसमें तैर नहीं पाते। वह तो पहली लहर में ही डूब जायेंगे। अर्थात् संसार रूपी इस भवसागर में हंस रूपी प्रभु-भक्त ही आसानी से तैर सकते हैं। भक्तिहीन मनुष्य बगुले के समान इस भवसागर के मोह जाल में जल्दी ही डूब जाते हैं। सांसारिक लालसा से टकरा कर उबर पाने की सामर्थ्य भक्तिहीन मनुष्यों में नहीं होती।

फ़रीदा जै दर लग्गे नेहु, सौ दर नाहीं छड्डणा।
आ पवे भावें मेंहु, सिर ही ऊपर झल्लणा ॥17॥

(जैं–जिस, पवे–पड़े, भावें–बेशक, भले ही; झल्लणा–झेलना।)

फ़रीद जी कहते हैं, जिस दर से प्रेम हो जाए, उसे कभी छोड़ना नहीं चाहिये। बेशक उस दर के बाहर बैठे हुए सिर पर भारी वर्षा को भी झेलना क्यों न पड़े। दर से भाव परमात्मा के दर से है, जिसे कभी छोड़ना नहीं चाहिए।

तिक्कल कासा काठ दा वास विच वणां
बारीं अन्दर जालणा, दरवेशां हरनां ॥18॥

(तिक्कल-कमर, कासा-प्याला, काठ-लकड़ी, वासा-रहना, बार-जंगल, जालण-जलाना, दरवेश-फ़कीर।)

फ़कीर लोग अपनी कमर के साथ लकड़ी का एक प्याला बाँध कर रखते हैं और जंगल में तपस्या करते हुए उसी प्याले से अपनी ज़रूरतों की पूर्ति करते हैं। इस प्रकार दरवेश हिरनों के समान है जो जंगल में ही भटकते हैं और कष्ट उठा कर जीवन व्यतीत करते हैं।

फ़रीदा जित्ती खुशीआं कीतीआं तित्ती थीअम रोग
छिल्लूं कारन मारीए खाधे दा क्या होग? ॥19॥

(जित्ती-जितनी, तित्ती-उतनी, थीअम-मुझे हो गयी, छिल्लूं-छिलका, होग-होगा।)

फ़रीद के अनुसार, स्वयं को ख़ुशी या सुख प्रदान करने के तहत मैंने जो कुछ भी किया, उससे मुझे रोग और दुख की ही प्राप्ति हुई। मैंने जंगल में जितने भी फल इत्यादि मैंने खाए और उनके छिलके फेंक दिये। यह छिलके ही मेरे दण्ड का कारण बनेंगे। अर्थात् सिर्फ फल की प्राप्ति करने से ही सुख प्राप्त नहीं होता। जो पीड़ा छिलका उतारने पर फल को होती है, मनुष्य को भी उसी पीड़ा से गुज़रना पड़ता है।

फरीदा पैरी बेड़ा ठेल के कंढ़े खड़ा न रौ
वत्त न आवण थीसीआ, एत न नींदड़ी सौ ॥20॥

(कंढ़े-किनारे, रौ-रहो, वत्त-पुनः, थीसीआ-होगा, रत-इस प्रकार, नींदड़ी-नींद।)

फ़रीद जी कहते हैं, ऐ मानुस! इस दुनिया रूपी भवसागर में पैरों से बेड़ा धकेल कर, स्वयं आराम से किनारे पर खड़ा न रह इस योनि में दुबारा आना सम्भव नहीं, इसलिए लम्बी तान कर न सो। अर्थात् इस भवसागर को पार करने के लिए स्वयं हाथ-पैर मारने पड़ते है, सिर्फ़ बेड़ा सागर में धकेलने से पार नहीं जाया जा सकता।

फ़रीदा सुतिआं नींद, मत पवंदे इयों
जिन्हां नैन निंद्रावले, धनी मिलन्दे क्यों ॥21॥

(सुतिआ-सोते हुए, पवंदे-लेटना, धनी-प्रिय, प्रीतम, मिलन्दे-मिलन।)

ऐ फ़रीद! तू इस प्रकार गहरी नींद में सोने का यत्न न कर। जिनके नैनों में नींद भरी होती है और वह पूरी तरह होश में नहीं होते, कई बार प्रिय के पास आने पर उनींदी आँखों के कारण उससे मिलन का सुख प्राप्त नहीं किया जा सकता।

फ़रीदा रातीं चार पहर डू सुत्ता डू जाग
घणा सोवसी गोर महिं, लहसिया एह बैराग ॥22॥

(डू-दो, गोर-क़ब्र, धणा-धना, सोवसी-सोना, लहसिया-उतर जायेगी, पूरी हो जायेगी, बैराग-हसरत, कामना।)

फ़रीद जी के अनुसार, रात के चारों पहर मनुष्य सो कर गँवा देता है, जबकि गहरी नींद उसे क़ब्र में ही प्राप्त होगी, तभी उसका यह वैराग्य खत्म होगा। अर्थात् इस जीवन के भी चार पहर हैं, इसके दो पहर सोने में परन्तु दो भक्ति-भाव से जाग कर बिताने चाहिये। नींद की लम्बी तान सिर्फ़ क़ब्र में ही पूरी हो सकती है।

फ़रीदा रातीं सौवें खट, डीहीं पिट्टे पेट कूं
जां तौ खट्टण वेल, तदाहीं तैं सौं रह्या ॥23॥

(खट्-खाट, पिट्टे पेट कूं-पेट पालने के लिए धंधा करता है, खट्टण-कमाई, तदाहीं-तभी।)

फ़रीद जी कहते हैं, रात मनुष्य सो कर गँवा देता है और दिन के समय को पेट पालने के लिए काम-धंधे में गुज़ार देता है। असली कमाई करने के समय अर्थात् रात के दो पहर वह खाट पर निश्चिंतता से सो कर बिता देता है। उसने सारी उम्र क्या कमाई की?

फ़रीदा जागणा ई तां जाग, रातड़ी हम विधाणीआं
जे मू मत्थे भाग, पिरी विसारन ना करन ॥24॥

(रातड़ी-रात, हम-सम्पूर्ण, विधाणीआ, मत्थे-माथे, विसारन-भुला देना।)

फ़रीद जी का कहना है कि यह रात अब बीतने ही वाली है। अभी भी समय है, यदि मनुष्य जागना चाहता है तो उसे जाग जाना चाहिये। यदि भाग्य में होगा तो उनका प्रीतम उन्हें भूलेगा नहीं। रात बीतने का अर्थ अध्यात्मिक है यहाँ जीवन के गुज़रने का ज़िक्र किया जा रहा है इसलिए मनुष्य को बताया जा रहा है कि जीवन के आखिरी समय में वह प्रभु-भक्ति में लग जाये। भक्ति का सौभाग्य तभी प्राप्त होगा यदि उसके अपने नसीब में होगा और प्रियतम उसकी भक्ति से प्रसन्न हो कर उसे भूलेंगे नहीं।

फ़रीद पिरी विसारन बिआ रवण इ कुबुध चवेण
कंचन रास विसार कर मुट्ठी धूड़ भरेन ॥25॥

(बिआ-अन्य, दूसरा, रवण-रमन, प्यार करना, कुबुध-कुबुद्धि, रास-पूंजी, धूड़-धूल।)

लोगों में कैसी कुबुद्धि भरी है जो इस दुनिया में आकर वह प्रभु को भूल जाते हैं। और सांसारकि वस्तुओं के मोहजाल में पड़ जाते हैं। इस प्रकार वह कंचन (सोना) की अमूल्य पूंजी को बिसार कर या अनदेखा कर अपनी मुट्टियों में धूल-मिट्टी भर लेते हैं।

फ़रीदा तूं तूं करें दे जो मोये, मोये भी तूं तूं करन्न
जिन्हीं तूं तूं न कीआ, तिन्हीं न सिंजातो तन्न ॥26॥

(सिंजातो-पहचनना, तन्न-तन।)

जो लोग परमात्मा को याद करते-करते 'तू तू' करते हैं, उनकी 'मैं' यानि अहं पूर्णतः मर जाती है। मरणोपरांत भी वे केवल तू-तू कहते हुए, पूर्णतः परम सत्य में विलीन हो जाते हैं लेकिन अपने अहं को त्याग न सकने वाले अपने ही तन को जानते हैं वह कभी भी पूर्ण सत्ता को पहचान नहीं पाते।

फ़रीदा जिन्हीं दा सबर कमान, अते जिकर कमावण कानीआं
ओहना संदे बाण, खालिक खाली ना करे ॥27॥

(सबर-सन्तोष, अते-और, ज़िकर-विचार-विमर्श, जाप करना, ओहना-उन, संदे-सम्बन्धित, खालिक-मालिक।)

इस संसार में जिन लोगों ने संतोष और सहनशीलता को धनुष के समान अपनाया हुआ है और प्रभु के विचार और जाप को बाण की भाँति अपनाया है, प्रभु की कृपा से उनका बाण कभी भी खाली नहीं जा सकता अर्थात् उनका यत्न कभी निष्फल नहीं हो सकता।

फ़रीदा दर दसाईआं कानीआं, रब न घड़ीयेण
लग्गण तिन्हां मुनाफ़िकां, जो कदी नाजानेण ॥28॥

(दसाईआ-दिखायी, बतायी, कानी-बाण, मुनाफ़िक-निफ़ाक, जो व्यक्ति बाहरी तौर से मुसलमान हो, परन्तु अन्तर्मन से ऐसा न हो, कदी-कभी, लग्गण-लगने वाला।)

प्रभु को भूलने वाले लोगों को स्वतः ही कभी-कभी बाण रूपी दुख झेलने पड़ते हैं, हालाँकि रब्ब सायास ऐसा कुछ प्रयत्न करके नहीं भेजता। लेकिन बाहरी परिपेक्ष या आडम्बर को पाखंडपूर्ण अपनाने वाले मुनाफ़िकों को वह बाण झेलने पड़ते हैं परन्तु वह प्रभु के इस संकेत को तब भी जान नहीं पाते।

फ़रीद कदे आहों हेकड़ा आते हुण थीओ परगट
एओ पाव मशाहरु जा लाय बैठों हट ॥29॥

(हेकड़ा-अद्वैतः वाहिद, परगट-प्रकट, ब्रह्मारूप, मशाहरु-इशारों से समझाना, हट-हाट, बाज़ार।)

ऐ प्रभु! इस सृष्टि की रचना से पहले सिर्फ़ तुम ही तुम थे, अद्वैत और निराकार। परन्तु इस सृष्टि की रचना करने के बाद तुम सभी स्थानों तथा व्यक्तियों में प्रकट हो गए हो अब तुमने एक प्रकार से दुनिया में अपनी नुमाइश या दुकान लगा ली, जबकि आरम्भ में तुम सिर्फ़ एक चिह्नित अव्यक्त इशारा होते थे।

इस श्लोक में फ़रीद जी परमात्मा के द्वैत तथा अद्वैत—दोनों आकारों की ओर इशारा करते हैं और यह भी बताते हैं कि आरम्भ में परमात्मा का सर्वत्र एक ही रूप जाना जाता था, परन्तु अब अनेक धर्म तथा सम्प्रदाय पैदा हो गए हैं। लेकिन अज्ञात रूप से वह परमात्मा के निराकार रूप को ही मान्यता देते हैं।

फ़रीदा किड्डी एक हिक्कड़ा, हुण भी थीसी इक्क
ओह पयी टिन्ना ना करे, तेही लाइ उस सिक्क ॥30॥

(किड्डी-कितना, हिक्कड़ा-एक, हुण-अब, पयी-पड़ी, तेही-उसी ने ही, लाइ उस-उसने लगाई, सिक्क-प्रेम की इच्छा।)

यह श्लोक भी ऊपर वाले श्लोक को विस्तार देता प्रतीत होता है क्योंकि वह प्रभु के अद्वैत रूप को सदैव तथा सर्वकालिक मानते हुए कहते हैं कि परमात्मा एक ही है और वह सदा भविष्य में भी एक ही रहेगा। प्रकट रूपों में भी वह समाया होता है अन्यथा कुछ नहीं। उसे पाने वालों के अन्दर लालसा और इच्छा भी वह स्वयं ही पैदा करता है। अर्थात् परमात्मा के अलावा इस सृष्टि में कुछ भी जानने-समझने लायक नहीं है।

बुड्ढ़ा होया शेख़ फ़रीद, कंबण लग्गे टाहल
टिंडरीआं जल लाणीआं, टुट्टण लगी माहल ॥31॥

(टाहल-टहनी, डाली, टिंटरीआं-रहट की बाल्टियाँ, माहल-बाल्टियों की माला।)

इस श्लोक में बाबा फ़रीद वृद्धावस्था का वर्णन करते हुए कहते हैं कि उन पर बुढ़ापा आ चुका है। उनका शरीर रूपी वृक्ष काँपने लगा, रहट की माला भी अब टूटने वाली है अर्थात् शरीर की सारी ऊर्जा खत्म हो रही है और उसकी माहल टूटने के कारण कमज़ोर पड़ने लगी है। अर्थात् अभी भी समय है, उसे परमात्मा की भक्ति में स्वयं को अर्पित कर देना चाहिये।

फ़रीदा दमामा वज्जिआ मौत दा, चढ़िआ मलकुल मौत
धिन्नण वाहे जिन्दड़ी जिन्दड़ी, ढ़ाहण वाहे कोट ॥32॥

(दमामा-नगाड़ा, चढ़िया-आक्रमण कर रहा, मलकुल मौत-मौत का फ़रिश्ता या यमराज, जिन्दड़ी-प्राण, कोट-किला, दुर्ग।)

बुढ़ापे के समय यह प्रतीत होने लगता है कि अब मौत का बिगुल या नगाड़ा बज चुका है और जल्दी ही मौत का फ़रिश्ता या यमराज आक्रमण करने के लिए आ रहा है। वह इस साँसों या प्राणों की प्राप्ति के लिए इस शरीर रूपी कोट को भी तहस-नहस कर देगा अर्थात् मृत कर देगा और ज़िन्दगी लेकर चला जायेगा।

कोट ढ़ट्ठा, गढ़ लुट्टिआ, डेरे पयी कहा
जीवंदिआं दे होर राह, मोइआं दे एही राह ॥33॥

(कोट-दुर्ग, कहा-क्रंदन, जीवंदिआं-जीवित, होर-और, मोइआं-मरने वालों के, एही-यही।)

मनुष्य के मरने से शरीर रूपी किला टूट जाता है, इस प्रकार जैसे कोई गढ़ लुट गया हो। घर के किसी की सदस्य की मौत से उसके परिवार के लोग कराहने

लगते हैं। लेकिन जीवित रहने का तरीका कुछ भी हो, मरने का तरीका सभी का एक समान और यही होता है।

अज कि कल कि चौंह दिनीं, मलक असाड़ी हेर
की जित्ता की हारिओ, सौदा एही वेर ॥34॥

(मलक-मौत का फ़रिश्ता, असाड़ी-हमारी, हेर-देखना, एही-इसी, यहीं, वेर-बार।)

आज या कल या चार दिनों तक मृत्यु का फ़रिश्ता हमें ढूँढ़ता हुआ चला आयेगा क्योंकि मौत से बचा नहीं जा सकता। जीवन में चाहे सफलता हासिल की हो या असफलता, अर्थात् कुछ जीता गया हो या हारा हो, लेकिन मौत के बाद फिर कभी अपनी गलतियाँ सुधारने का मौका नहीं मिलेगा। अर्थात् जो भी अच्छे कर्म और प्रभु-भक्ति करनी हो, वो इसी जीवन में ही कर लेनी चाहिये।

फ़रीदा करन हक्कूमत दुनी दी, हाकिम नाओं धरन
अग्गे धौल पिआदिआं पिच्छे कोत चलन।
चढ़ चल्लण सुख-आसनी, उप्पर चौर झुलन
सेज विछावन पाहुरु जित्थे जाइ सवन
तिन्हां जनां दीआं देरीआं दूरों पइआं दिसन्न ॥35॥

(हक्कूमत-राज्य, हाकिम-मालिक, राज, धौल-धूलि, कोत-घोड़े, घुड़सवार, पिच्छे-पीछे, सुख-आसनी-पालकी, चौर-चंवर, पहरू-पहरेदार, झुलन-झुलाते हुए, जित्थे-जहाँ पर, सवन-सोते हैं, ढ़ेरीआं-क़ब्रें, दिसन्न-दिखायी देते।)

फ़रीद जी के अनुसार, हुकूमत करने वाले हाकिमों के आगे-पीछे सेवक और पहरेदार घूमते हैं। जब उनका काफ़िला चलता है तो उनके आगे इतने सेवक और पीछे घुड़सवार चलते है जिनसे धूल का एक ग़ुबार-सा उठने लगता है। राजा लोग पालकी में बैठते हैं, जिसे कई दासों ने उठाया होता है, उनके ऊपर चंवर झूलते हैं। उनके बिस्तर उनके दास और नौकर बिछाते हैं, जिस पर वह आराम से सोते हैं। परन्तु इतनी शान-शौकत और शक्तिशाली लोगों को भी मौत नहीं बख़्शती। आखिरी मंज़िल उनकी भी क़ब्र ही होती है, जो दूर से दिखायी देने लगती है।

फ़रीदा से दाढ़ीआं कुड़ावीआं जो शैतान भुचन्न
अहरन तले वदान ज्यों दोज़ख खड़ धरियन्त ॥36॥

(कुड़ावीआं-झूठियाँ, अहरन-आहनी, लोहे कोट रखकर कूटने वाला, वदान-हथौड़ा, दोज़ख़-नरक, खड़-ले जाना, धरियन्त-रखते हैं।)

फ़रीद जी कहते है, दाढ़ीयाँ शराफ़त या लियाकत का प्रतीक नहीं हैं, इसे धारण

करने वाले शैतान भी हो सकते है। ऐसे झूठे दढ़ियल आदमियों को दोज़ख में लोहे के हथौड़े से पीटा जायेगा।

फ़रीदा दाढ़ीआं लख वत्तण, हभ न इक्को जेहीआं
इक दर लख लहन, इक कक्खो कन्नू हौलीआं ॥37॥

(वत्तग-नज़र आएँ, हभ-सभी, जेही-जैसी, लहन, प्राप्त करती है, कक्ख-तिनका, कन्नू-से, हौली-हल्की।)

यह श्लोक पहले वाले श्लोक का विस्तार है, दाढ़ी रखने वाले लोग लाखों होते है, परन्तु सभी एक जैसे नहीं होते। कुछ दाढ़ीवाले लोग भलेमानुस और ऊँचे चरित्र के होते हैं, उनकी दाढ़ी मूल्यवान होती है। ज्यादातर लोगों की दाढ़ियों की कीमत तिनकों के समान होती है, जिनका कोई मूल्य नहीं होता।

फ़रीदा उच्चा न कर सद्द, रब्ब दिलां दीआं जाणदा
जे तुध विच कलब्ब, सो मंझाहूँ दूर कर ॥38॥

(सद्द-आवाज़ देना, बुलाना, कलाब्ब-कल्ब दिल, ज़मीर मंझा हूँ-अन्दर।)

प्रभु सभी मनुष्यों के दिल की बात जानते है, इसलिए उसे सुनाने के लिए ऊँची आवाज़ में गुहार या पुकार लगाने की ज़रूरत नहीं। इसी प्रकार लोगों के मन में छुपे हुए बुरे भावों को भी परमात्मा जानता है, उन्हें दूर करने का यत्न करना चाहिये।

फ़रीदा दुनी दे लालच लग्गिआं, मेहनत भुल्ल गई
जां सिर आई आपणे, तां सब्भो विसर गई ॥39॥

(दुनी-दुनिया, जां-जब, आपणे-अपने, सब्भो-सभी, विसर-भूलना।)

इस संसार के लालच में मनुष्य इस प्रकार लिप्त हो जाता है कि परमात्मा के मिलन का राह भी भूल जाता है। परन्तु जब उसके सिर पर कोई विपत्ति आ पड़ती है या वह बुढ़ापे में पहुँच शक्तिहीन और सामर्थ्यहीन हो जाता है तो उसे मोह जाल के सारे बन्धन भूल जाते हैं और परमात्मा याद आता है। अर्थात् दुनिया के सभी कार्य और लालच व्यर्थ हैं, संकट के समय इनसे कोई फायदा नही पहुँचता।

फ़रीदा, इक विहाझें लूण, बिआ कस्तूरी झंग चवें
बहार लाइ सबूण, अन्छद इच्छा न थीवें ॥40॥

(विहाझें-व्यापार करते हो, बिआ-दूसरे, झुंग-महकदार, चवें-बोलते हो, इच्छा-अच्छा, साफ़, थीवें-हो सकते।)

नमक का व्यापार क़रने वाले लोग अन्य लोगों के सामने झूठी और कस्तूरी

की गन्ध फैलाने वाली महकदार बातें करते हैं। उनका व्यवहार अन्दर और बाहर एक-समान नहीं होता। साबुन को बाहर रगड़ने से मन के अन्दर का मैल निकल नहीं सकता।

फ़रीदा जंगल ढूंढे संघणा, लम्बे लुडिआ न वत्त
तन हुजरा दरगाह दा, तिस विच झाती घत ॥41॥

(संघणा-घना, लम्भे लुडिआ-लंबे वृक्ष, हुजरा-गुफा, झाती घत-झाँको।)

फ़रीद जी के अनुसार, लोग प्रभु को ढूँढने के लिए घने जंगलों में जाते हैं। जहाँ पर सिवाय लम्बे-लम्बे वृक्षों के और कुछ नहीं होता। मनुष्य का शरीर ही खुदा का घर है, सिर्फ अपने अन्दर झाँक कर देखने और प्रभु को अन्तर्मन में खोजने की बात है। बाहर जंगलों में तपस्या करने से प्रभु की प्राप्ति नहीं हो सकती।

फ़रीदा हाथी सोहण, अंबारीआं, पीछे कटक हज़ार
जां सिर आवी आपणे, तां को मीत न यार ॥42॥

(सोहण-सजे हुए, अंबारी-हाथी का हौदा, बैठने की जगह, कटक-फ़ौज, सेना।)

जो राजा-महराजा शान-शौकत से रहते हैं। उनके हाथी भी बहुत सजे-संवरे होते हैं। उन पर सुशोभित हो कर जब राजा लोगों की सवारी निकलती है तो उनके पीछे-पीछे कई हज़ारों में सेना साथ चलती है। परन्तु जब मृत्यु का क्षण आता है तो इनमें से कोई साथ नहीं देता और न ही रक्षा कर पाता है। अर्थात् जीवित व्यक्ति के साथ हज़ारों की तादाद में लोग चलते हैं परन्तु मौत के समय मनुष्य को अकेला ही जाना पड़ता है।

फ़रीदा जे तू वंझे हज, हज हब्भो ही जीआ में
लाह दिले दी लज, सच्चा हाजी तां थीये ॥43॥

(वझें-जाना, हज-मक्का, मदीना की यात्रा, लाह-उतार दे, लज-संकोच, शर्म।)

फ़रीद जी के अनुसार, हज करने जाना इतना ज़रूरी नहीं क्योंकि वह तुम्हारे हृदय में स्थित है। ज़रूरत सिर्फ़ बाहरी तौर पर ओढ़ी हुई लाज-संकोच तोड़ने की है। अपने दिल के अन्दर बेझिझक दाखिल होने से ही सच्चा हाजी बना जा सकता है।

फ़रीदा मंझ मक्का मंझ माड़ीआं मंझे ही महराब
मंझे ही काबा थीआं, कैं दे करीं नमाज़ ॥44॥

(मंझ-मध्य, केन्द्रबिन्दु, महराब-इमाम के खड़े होने का स्थान, काबा-मुसलमानों का पवित्र तीर्थस्थल।)

फ़रीद जी के अनुसार, मक्का और काबा जैसे पवित्र स्थल मनुष्य के भीतरी

हृदय में मौजूद है। वहीं पर महराब है जिसके केन्द्र में खड़े होकर इमाम नमाज़ पढ़ता है। अर्थात् मनुष्य का शरीर और उसमें स्थित हृदय ऐसा केन्द्र बिन्दु है जहाँ प्रभु को पाया जा सकता है, जिसे धार्मिक परिपेक्ष्य में नमाज़ या मक्का-काबा की ज़ियारत करने के सिलसिले में पाना समझा जाता है। अन्तर्मन से की गई नमाज़ ही अल्लाह तक पहुँचती है।

फ़रीदा मैं नूं मुंज कर, निक्की कर-कर कुट्ट
भरे खज़ाने रब्ब दे, जो भावें सो लुट्ट ॥45॥

(मुंज-तृण, जिसकी रस्सी बनायी जाती है, निक्की-छोटी, भावें-चाहे।)

ऐ फ़रीद! यदि अपने अहं को मार कर उसे मूंज की भाँति बारीक-बारीक कर ले तो तेरा मन साफ़ हो जायेगा। तब तुझे नज़र आयेगा कि इस संसार में चारों ओर प्रमात्मा की कृपा के खज़ाने भरे हुए है और तू जितना चाहे उसे लूट सकता है, क्योंकि परमात्मा की कृपा दृष्टि का कोई अन्त नहीं। मनुष्य अपने अंह में उसको पहचान नहीं पाता।

कूक फ़रीदा कूक तू, ज्यों राखा ज्वार
जब लग टांडा ना गिरे, तब लग कूक पुकार ॥46॥

(कूक-ज़ोर से चीख़ना, पुकारना, ज्यों-जिस तरह, राखा-रखवाला, ज्वार-जौ, टांडा-दाना।)

परमात्मा को याद करने के लिए लोग ज़ोर-ज़ोर से उसके नाम का उच्चारण करते तथा पुकार लगाते हैं, जिस प्रकार ज्वार आदि की पक्षियों से बचाव के लिए उनका रखवाला कूक या गुहार या शोर मचाता है। परमात्मा का नाम इसी प्रकार इतनी बार पुकारते जाना चाहिये कि जब तक ज्वार के दाने नहीं गिर जाते या पक नहीं जाते अर्थात् मानवी देह के गिरने तक परमात्मा को याद करते ही जाना चाहिए।

फ़रीदा जे तूं दिल दरवेश, रख अकीदा सामना
दरहीं सेती देख, मत्था मोड़ न कंढ दे ॥47॥

(दरवेश-फ़कीर, अकीदा-यकीन, दरहीं सेती-दरगाह या मुख्यद्वार, कंढ-पीठ।)

ऐ फ़रीद! यदि तू दिल से अर्थात् सच्चा फ़कीर है तो परमात्मा पर अपना भरोसा बनाये रखे। देर-सवेर से ही तुझे परमात्मा के दर्शन अवश्य होंगे। इसलिए तू सदा दरगाह की ओर निगाह रख। उससे अपना निश्चय न तोड़ और उससे विमुख होने के लिए उसकी ओर पीठ मत कर। पक्का यकीन रखने वाले को प्रभु ज़रूर ही मिलते हैं।

फ़रीदा दर्द न वंजम दारुयें, जे लख तबीत लगन्न
चंगी भली थी बहां, जे नूं पिरी मिलन्न ॥48॥

(वंजम-जाना, दूर होना, दारुयें-औषधियों से, तबीब-चिकित्सक, वहां-बैठना, मूं-मुझे पिरी-प्रियतम मिलन्न-मिल जायें।)

ऐ फ़रीद! मेरा रोग दवाईयों या औषधियों से जाने वाला नहीं, चाहे लाखों चिकित्सक इसका इलाज़ करते रहें। क्योंकि मुझे अपने प्रियतम की विरह का रोग लगा है जो प्रियतम के एक बार मिलने से ही ठीक हो जायेगा और मैं रोग-शैय्या से उठ कर बैठ जाऊँगी। प्रभु से प्रेम का रोग सदा लाइलाज़ होता है, जो सांसारिक दवाईयों, चिकित्सकों से ठीक नहीं हो सकता।

जे-जे जीवें दुनी ते खुरिये कहीं न लाय
इक्को खफ्फ़न रख के हारे सब्भों देह लुटाय ॥49॥

(जे-जे-जिस प्रकार, जीवें-जी रही है, दुनी-दुनिया, खुरिये-पाँव, खफ्फ़न-क़फ़न, सब्भों-सभी।)

दुनिया में किसी भी स्थान पर रहो, परन्तु कभी भी किसी स्थान पर पक्का डेरा ना डालो, यहाँ पर जमीन-जायदाद ना बनाओ। क्योंकि कुछ भी स्थिर नहीं, सभी कुछ फ़िजूल और व्यर्थ है। सिर्फ़ मौत के समय पहनने वाले कफ़न के अलावा और किसी भी वस्तु की ज़रूरत नहीं होती। इसलिए एक कफ़न को अपने पास रख बाकी सभी कुछ लुटा देना चाहिये।

फ़रीदा जां-जां जीवें दुनी ते, तां-तां फिरे अलख
दरगाह सच्चा तां थीवें, जां खफ्फ़ण मूल ना रख ॥50॥

(जां-जां-जहाँ तक, दुनी-दुनिया, तां-तां-वहाँ तक, मूल ना-बिलकुल नहीं, तां-ते, तभी।)

फ़रीद जी के अनुसार, दुनिया में रहते हुए भी परमात्मा सदा अदृश्य रूप से मनुष्य के साथ रहता है। परमात्मा सदैव रहने वाला है जबकि मनुष्य को मौत के समय इस दुनिया को छोड़ना ही पड़ता है। परन्तु कभी भी परमात्मा पर अपने विश्वास को कम नहीं समझना चाहिए, क्योंकि आखिरी क़फ़न तक भी वही मुहैया करवाता है। अर्थात् अदृश्य हो कर भी मनुष्य की सभी ज़रूरतों को वही पूरा करता है।

फ़रीदा माऊ मैंडी कमली, जिन जीवण रखिआ नाउं
जां दिन पुन्ने मौत दे, ना जीवण ना नाउं ॥51॥

(माऊ-माता, मैंडी-मेरी, कमली-पगली, जीवण-जीवन)

मेरी माँ पगली थी जिसने मेरा नाम 'जीवन' रखा। परन्तु नाम जीवन होने के बावजूद मौत ने मुझे बख़्शा नहीं। अर्थात् जीवन नाम रखने से मौत से बचा नहीं जा सकता, लेकिन यह बात माँओं को समझ में नहीं आती।

फ़रीदा दिल दरिआओ, कंढी लग्गा क्या फिरे
टुब्भी मार मंझाही, मंझों ही माणक लहें ॥52॥

(दरिआओ-दरिया, कंढ़ी-किनारा, टुब्की-गोता, डुबकी, मंझाहीं-अन्दर, माणक-मोती।)

ऐ फ़रीद! दिल के या अर्न्तमन के दरिया में डुबकी लगा, किनारे पर खड़ा हो कर क्या कर रहा है? डुबकी मारने पर ही तुझे मोती प्राप्त होंगे। अर्थात् मनुष्य को अपने भीतर मन में तैरना चाहिये। वहीं प्रभु नामक मोती छुपा हुआ है। जो गहरी डुबकी लगाने से ही प्राप्त होगा, न कि किनारे पर खड़े रहने से मिलेगा।

टुब्भी मारन गाखड़ी, सधरां लख करेन
जिन्हां दा मन धापिआ, से माणक लब्भेन ॥53॥

(टुब्भी-गोता, गाखड़ी-कठिन, सधरां-कामनायें, धापिआ-धैर्यवान-प्रसन्न, लब्भे-ढूँढ़ लेते हैं।)

प्रभु को पाने की इच्छा तो अनेकों लोग करते हैं, परन्तु यह काम इतना आसान नहीं। इसके लिए बहुत गहरे पानी में डुबकी लगानी पड़ती है अर्थात् अत्यन्त कठिन साधना करनी पड़ती है। जो लोग इस कार्य में धीरज रखते हैं, उन्हें ही मोती प्राप्त होते हैं। धीरज से भाव लम्बे/दीर्घकाल तक तपस्या करने पर प्रभु-नामक मोती या माणिक प्राप्त होता है।

फ़रीदा माणक मूल अथाह, कदर की जाणन शीशगर
इके तां गूढ़ा शाह, इके तां जाणे जौहरी ॥54॥

(अथाह-अनन्त, जाणन-जानना, शीशगर-काँच का व्यापारी तां-तो।)

इस श्लोक में भी फ़रीद जी डुबकी और मोती प्राप्त करने वाले विचार को विस्तार से बताते हैं, कि मोती को प्राप्त करने के लिए अथाह सागर में गोता लगाना पड़ता है, जबकि काँच के व्यापारी को असल मोती की पहचान नहीं होती। मोती की असल पहचान कोई गूढ़ साहूकार या जौहरी ही कर सकता है। अर्थात् सांसारिक पदार्थों में फँसे आदमी आध्यात्मिक आनन्द से कोरे रहते हैं। मोती गूढ़ ज्ञान प्रभु की प्राप्ति है जो आध्यात्मिक सन्तों आदि को ही प्राप्त होता है।

फ़रीदा इकनां मत खुदाइ दी, इकना मंग लई
इक दित्ती मूल ना घिन्नदें, पत्थर बूंद पई ॥55॥

(इकनां-कुछ तो, खुदाइ-ईश्वर प्रदत्त, दित्तती-देने पर, घिन्नदें-लेते नहीं, पई-पड़ना।)

फ़रीद जी अनुसार, कुछ लोगों को ईश्वर की ओर से लियाक़त या सद्बुद्धि प्राप्त होती है, परन्तु कुछ लोगों में कमतर होने पर वह इसे शिक्षा द्वारा अर्जित कर या दूसरों की संगत से माँग कर प्राप्त कर लेते हैं। परन्तु कुछ लोग ऐसे होते हैं, जिन्हें कुछ देने का यत्न भी करे तो वह प्राप्त भी नहीं कर सकते। यह इस प्रकार से है कि पत्थर पर पानी की बूँद पड़ती है और निष्प्रभावी हो जाती है। अर्थात् कुछ लोग ऐसे मूढ़ प्रवृति के होते हैं जिनमें सद्बुद्धि ग्रहण करने की न मंशा होती है और न ही ललक।

फ़दीर वड्डी एह बहादरी, कर कुसंग का त्याग
दरगाह थीवी मुख ऊजला, कोई ना लग्गी दाग़ ॥56॥

(बड्डी-बड़ी, कुसंग-कुसंगति, थीवी-होगी, ऊजला-चमकदार।)

ऐ फ़रीद! कुसंगति का त्याग करना बहुत बड़ी बहादुरी का काम है। परन्तु ऐसी बहादुरी करने वाले का भगवान के दरबार में मुख उज्ज्वल और चमकदार होता है। उसके चरित्र पर कोई भी दाग़ नहीं लगता और उसकी बदनामी नहीं होती।

फ़रीदा ऐसा होई रहु जैसा कक्ख मसीत
पैरां तले लिताड़ीए, कदे न छोड़े प्रीत ॥57॥

(कक्ख-तिनका, घास फूस, मसीत-मस्जिद, लिताड़ीए-कुचलना, प्रीत-प्यार।)

मनुष्य में इस प्रकार की नम्रता होनी चाहिये, जैसे मस्जिद के फ़र्श पर पड़े तिनके में होती है। वह वहाँ आने वाले सभी लोगों मे पैरों तले बार-बार कुचला जाता है, परन्तु फिर भी जहाँ पड़ा है, वहीं पड़ा रहता है। मनुष्य को इस तिनके से सीख लेनी चाहिये।

फ़रीदा पाँव पसार के, अट्ठे पहर ही सौं
लेखा कोई न पुच्छई, जे विच्चों जावी हौं ॥58॥

(पसार-फैलाना, अट्ठे-आठों, पुच्छई-पूछना, विच्चों-अन्दर से, जावी-चली जाये।)

फ़रीद जी परमात्मा को पाने का एक सरल उपाय भी बताते हैं, यदि मनुष्य दिन के आठों ही पहर पाँव पसार कर सोता रहे अर्थात् प्रभु का नाम न ले और न ही कोई अन्य पूजा-अर्चना करे, परन्तु यदि उसके मन में अहंकार नाम की वस्तु नहीं है और वह मन से (शिशु समान) सरल और सहज है तो फिर प्रभु भी उससे कोई पूछताछ नहीं करेगा और न ही लेखा पूछेगा।

फ़रीदा कूकेंदड़ा तां कूक, कदे तां रब सुनेसीआ
निक्कल वैसी फूक, तां फिर कूक ना होसीआ ॥59॥

(कूकेंदड़ा-गुहार लगाना, कूक-पुकार, सुनेसीआ-सुनेगा, फ़ूक-फ़ूंक, प्राण।)

ऊँचे स्वर में परमात्मा को पुकारना कोई बुरी बात नहीं। तुम्हारी पुकार कभी तो परमात्मा सुनेगा ही, इसलिए उसे पुकारते जाना चाहिये। परन्तु उसे तब तक ही मनुष्य पुकार सकता है जब तक वह जीवित है। जब प्राण निकल गये तो फिर कुछ भी सम्भव नहीं होगा।

फ़रीदा खेती उजड़ी गिरवी पर रह्या माल
साहिब लेखा मंगसी, बन्दे कौन हवाल ॥60॥

(रह्या-रहा, साहिब-मालिक, मंगसी-माँगेगा, हवाल-गवाह।)

ऐ मनुष्य! तुम्हें जिस काम के लिए परमात्मा ने इस धरती पर भेजा था, उस कार्य को तुमने असावधानी तथा लापरवाही सें किया, जिससे मानो खेत उजड़ गया हो और सारा माल गिरवी या रहन पर रखना पड़ा हो। अर्थात् प्रभु का नाम लेना और दूसरों की भलाई से सम्बन्धित कार्य भूल कर अपना नुकसान करता है। परन्तु जब प्रभु उससे कार्य का लेखा-जोखा माँगेगा तो उसे बचाना वाला कोई गवाह इत्यादि भी नहीं मिलेगा।

फ़रीदा खेती उजड़ी, सच्चे स्यों चितलाइ
जे अध खाधी उबरें, तो फल बहुतेरा पाइ ॥61॥

(चितलाइ-याद आना, अध-आधी, खाधी-रोटी, उबरा-उद्धार होना, बहुतेरा-बहुत अधिक।)

ऐ फ़रीद! यदि तेरा जीवन नष्ट हो चुका है अर्थात् आधी उम्र बीत गयी है और अब अपने कमतर रह गये जीवन के प्रति तुझे होश आया है तो तू इसी समय भी प्रभु के नाम में अपना मन लगा ले। यदि आधी उम्र में भी तू प्रभु के सिमरन से जुड़ जायेगा तो तेरा उद्धार हो सकता है। ऐसे समय में भी तुझे उचित फल मिल जायेगा। अर्थात् जीवन के किसी भी पड़ाव पर, जब भी मनुष्य को भगवान् के नाम की उपयोगिता प्राप्ति का होश आये तो मौका गवाना नहीं चाहिये, फल की प्राप्ति तब भी सम्भव हो सकती है।

फ़रीदा देह ज़र्ज़र भई, नैनीं बहे सरेश
सौ कोहां मंजा भया, अंगन थीआ बिदेस ॥62॥

(सरेश-पीक, ज़र्ज़र-ख़स्ता हालत, सै-सौ, कोहां-कोस, मंजा-खाट, अंगन-आँगन)

फ़रीद जी के अनुसार, जब मनुष्य का शरीर वृद्धावस्था में एकदम जीर्ण-शीर्ण हो जाता है और किसी भी काम को करने लायक नहीं रहता। आँखों से भी पानी और पीक-सी निकलने लगती है तो इस दुर्बल शरीर में इतनी हिम्मत बाकी नहीं रहती कि आँगन में पड़ी अपनी चारपाई तक आसानी से पहुँचा जा सके। वहाँ तक पहुँचना भी मानो सौ कोस की दूरी तय करने के समान लगता है।

फ़रीदा जागणा ई तां जाग, होइआ ई परभात
इस जागण नूं पछतायेंगा घणा सवेंगा रात ॥63॥

(परभात-सुबह, धणा-धना, सवेंगा-सोयेगा।)

ऐ फ़रीद! अभी भी समय है, यदि तू जागना अर्थात् चेतना चाहता है तो चेत ले, प्रभात हो गयी है। अर्थात् चेतनावस्था आ गयी है, तू प्रभु का नाम लेने के लिए तैयार हो जा। यदि अभी भी तूने यह अवसर गँवा दिया तो फिर पछताने के सिवा कुछ हासिल नहीं होगा, क्योंकि रात होने पर अर्थात् मृत्यु के पश्चात् तो तुझे सदैव गहरी नींद में ही सोना है। मनुष्य जीवन में ही तुझे जागने का अद्भुत अवसर प्राप्त होता है।

आवो लद्धो साथड़ो, एवें वणज करें
मूल संभाले आपणा, पीछे लाहा लें ॥64॥

(आवो-आओ, लद्धो-ढूँढ़ें, साथड़ो-साथियों, एवें-ऐसे, इस प्रकार, वणज-व्यापार, मूल-पूंजी, आपणा-अपना, लाहा-लाभ।)

ऐ साथियो, आओ मिलकर कोई ऐसा व्यापार करने के लिए ढूँढें जिसमें हमारी मूल पूंजी भी सुरक्षित रहे और बाद में लाभ की भी प्राप्ति हो। दूसरे शब्दों में, हमें अपने साथियों के साथ ऐसे शुभ कार्य करने चाहिये ताकि हमारे जन्मजात गुण और अच्छाईयाँ सलामत रहें। उसी के बल पर हमें अध्यात्मिक ज्ञान की प्राप्ति सम्भव हो सकती है जो किसी व्यापर में लाभ समान होती है।

साई सेविआं खल गई, मास न रह्या देह
तब लग साई सेवसां, जब लग होसों खेह ॥65॥

(साई-प्रिय, प्रभु, सेविआं-सेवा करते हुए, खल-चमड़ी, मास-मांस, होसों-होगा, खेह-खाक, मिट्टी।)

अपने प्रिय प्रभु का नाम जपते हुए शरीर पर से चमड़ी उतर गई। शरीर पर जरा भी माँस बाकी ना रहा। इससे कोई फ़र्क़ नहीं पड़ता, क्योंकि मैं ताउम्र अपने प्रीतम की सेवा में ही गुज़ार देना चाहता हूँ, जब तक यह शरीर ख़ाक में नहीं मिल जाता।

मनां मुन्न मुनाइआं, सिर मुन्ने क्या हो
केती भेड़ों मुन्नीआं, सुरम न लद्धी को ॥66॥

(मनां—ऐ मन; मुन्न—मुंडन; सुरग—स्वर्ग; लद्धी—नहीं मिला।)

परमात्मा को पाने के लिए कई लोग अपने सिर के सारे बालों को उतरवा कर मुंडन करवा लेते हैं। उन पर व्यंग्य करते हुए फ़रीद जी कहते हैं कि सिर मुंडा लेने से ऐ मन क्या होगा? कितनी ही भेड़ों में सिर प्रतिवर्ष मुंडित कर दिए जाते हैं, परन्तु आज तक उसमें से किसी एक को भी स्वर्ग की प्राप्ति नहीं हुई।

जिंदगी दा विसाह नहीं, समझ फ़रीदा तूं
कर लै अच्छे अमल ते, हो जा सिर निगूं ॥67॥

(विसाह-भरोसा, अच्छे अमल-शुभ कार्य, सिर निगूं-सिर झुकाना।)

ऐ फ़रीद! तू इस बात को भली-भाँति समझ ले कि इस जीवन का भरोसा नहीं है। मृत्यु कभी भी आ सकती है। इसलिए उचित यही है कि तू जहाँ तक हो सके, शुभ कार्य करता रह और प्रभु के आगे सिर झुका ले। अर्थात् उसकी दी हुई हर स्थिति को बिना हील-हुज्जत के स्वीकार कर ले और उसके आगे समर्पित हो जा।

मूसा नट्ठा मौत ते, ढूँढ़े काई गली
चारे कुंड़ा ढूँढ़ीआं, अग्गे मौत खली ॥68॥

(नट्ठा-भागा, ते-से, काई-कोई, चोरो कुंड़ा-चारों दिशायें, अग्गे-आगे, खली-खड़ी।)

इस श्लोक में फ़रीद जी उस घटना की ओर संकेत करते हैं जिसके अन्तर्गत कहा जाता है कि यहूदी पैगम्बर मूसा ने मिस्र के फ़रऊन द्वारा यहूदी लोगों को आतातायी ढंग से मारने पर अपने अनुयायियों को मौत से बचाने के लिए अत्यन्त प्रयास किये, परन्तु मौत से वह स्वयं भी न बच सका।

उसी घटना की ओर संकेत करते हुए फ़रीद जी कहते हैं कि मूसा ने मौत से भागने का अनन्य प्रयास किया, परन्तु उसे सफ़लता न मिली। उसे कोई गली ऐसी न मिली। उसने चारों दिशायें खंगाल ली, परन्तु मौत ने उसका पीछा न छोड़ा। वह जहाँ भी जाता, उसे अपनी मौत पहले ही साक्षात् खड़ी नज़र आती।

कन्ना, दंदां,अखीआं, सभना दित्ती हार
देख फ़रीदा छड़ गए मुड्ढ़ कदीमी यार ॥69॥

(छड़-छोड़, मुड्ढ़-आदिकालीन, कदीमी-पुराने।)

फ़रीद जी के अनुसार, उसके शरीर के सभी अंगों ने एक-एक कर के उसका

साथ छोड़ दिया। कान ऊँचा सुनने लगे, आँखो की ज्योति क्षीण हो गयी, दाँत भी गिरने लगे। सभी ने उसे पराजित कर दिया। मनुष्य का शरीर ही उसका सबसे विश्वसनीय और पुरातन साथी होता है। जब वहीं बुढ़ापे में साथ छोड़ जाता है तो और कौन साथ देगा?

फ़रीद उत्थां टिक्किये, जित्य वस्सण अन्हे
ना को साकूं जाणे, न साकूं मन्ने ॥70॥

(उत्थां-वहाँ, टिक्कीए-टिक जाए, वस्सण-वस जाएं, साकूं-हमें।)

ऐ फ़रीद! चल वहाँ पर जा टिकें, जहाँ पर सभी अंधे बसते हों। ना वह हमें जाने और न ही हम उन्हें जानें। अर्थात् जब किसी से कोई परिचय नहीं होगा तो न अहं की भावना बढ़ेगी। इस प्रकार एक-दूसरे से अनजान रह कर प्रभु को पाने में आसानी होगी।

❑❑❑